Lieber Jörg

Wünsche Dir nur das Beste und viele schöne Momente.

Vielen Dank für alles.

Herzlichst

Bianca

editionatelier

Sebastian Fust
Dubrovnik Turboprop

Roman

edition atelier

1. Auflage
© Edition Atelier, Wien 2012
www.editionatelier.at
Schutzumschlag & Satz: Jorghi Poll
Druck: Prime Rate Kft., Budapest
ISBN 9783902498564

Das Buch ist urheberrechtlich geschützt. Alle Rechte vorbehalten, insbesondere für Übersetzungen, Nachdrucke, Vorträge sowie jegliche mediale Nutzung (Funk, Fernsehen, Internet). Kein Teil des Werkes darf in irgendeiner Form ohne schriftliche Genehmigung des Verlags und des Autors reproduziert oder weiterverwendet werden.

Mit freundlicher Unterstützung des Bundesministeriums für Unterricht, Kunst und Kultur und des Literaturreferats der Stadt Wien, MA7.

Für Johanna

I

Das Gras war taubenetzt, die Wolken silbergrau und die Sonne brach dann golden durch, es war Sommer, August, und ich ging auf den weißgrauen Betonbau zu, die manifestierte Siebzigerjahre-Architektenfantasie, vielstöckig, die Außenstelle des Altersheims, das Gebäude für betreutes Wohnen, ich holte die Großmutter ab, die feine alte Dame mit ihrem kaputten Knie; allenfalls war Laufen mit einem Gehwagen möglich, aber umständlich, und wenn, dann nur kurze Strecken, ansonsten griff man auf einen Kassenrollstuhl zurück. Die Luft war frisch, und ich fuhr mit dem Aufzug in den dritten Stock, klingelte, und Frau Dresenkamp, eine Russlanddeutsche, eigentlich Deutschlehrerin von Beruf, hier in Deutschland aber ohne Arbeit, dafür mit elfjähriger Tochter und Ehemann, auch Russlanddeutscher, Ingenieur, jetzt Handwerker und teilzeit- oder schwarzbeschäftigt, also nur ab und an beschäftigt und sonst zu Hause, zu Hause vor dem Computer und spielsüchtig, passte jetzt auf die Tochter, oder die Tochter auf ihn, auf, denn es waren Schulferien, und Frau Dresenkamp öffnete die Türe, sie, die bezahlte Stütze meiner Großmutter im Alter, beim betreuten Wohnen, sie erledigte kleinere Einkäufe, wusch die Wäsche, spülte das Geschirr und war eigentlich nur zum Reden, zum Ansprechen, zur Unterhaltung der alten Frau dort und bezahlt, als Abglanz dessen, was es einst war, was es für die feine alte Dame gewesen war, das Leben, denn Dienstmädchen hatte sie immer gehabt, die Großmutter, und jetzt eben, im Alter, in ihrer Hinfälligkeit blieb eben nur noch die Frau Dresenkamp, als Stütze und Rückversicherung gegenüber dem einstigen Leben, als Zeichen des Vergangenen, Platzhalter des Vergangenen, ein Statussymbol, das sich die feine alte Dame leisten konnte und wollte, ja, leisten musste, um nicht ins Nichts zu fallen, noch nicht ins Nichts zu fallen, um zumindest einen kleinen Halt im Alter zu haben, eine Rückbindung an sich selbst und an das einstige Leben, von dem jetzt nur eine Erinnerung und eben dieser Rest, wie gesagt, als Rückversicherung – zumindest kam es mir so vor – übrig geblieben war, und jetzt öffnete sie, Frau Dresenkamp, die Türe und ein Schwall warmer, abgestandener Luft kam mir entgegen. Aus dem Wohnzimmer hörte ich die Stimme meiner Großmutter, hörte ich die alte Dame rufen:

»Alexander, bist du das?«

Ich antwortete »Ja!« und gab Frau Dresenkamp die Hand.

»Wollen wir los?«

»Wir können.«

Auf der Fahrt erzählte die Großmutter, wie sie sich freute, noch einmal, ein letztes Mal nach Dubrovnik zu reisen, mir diese Reise ermöglichen zu können, und sie erzählte von Ivo, dem Reiseleiter, den sie dort, nach dem Tod ihres Mannes, meines Großvaters, von dem sie immer nur als »der Vater« sprach, den sie also nach dem Tod des Vaters kennengelernt hatte, weil sie sich hatte ablenken und erholen müssen nach dem Tod des Vaters, und da war sie nach Dubrovnik gereist, Dubrovnik, warum auch immer, damals noch Jugoslawien und zwischen den Blöcken Ost und West, für sie unbekannt, Terra incognita, wie für mich Mumbai, Baku oder Taschkent, gleichviel, aber der Name Dubrovnik schien ihr etwas zu versprechen, hatte eine Sehnsucht in ihr ausgelöst, klang wie Gold in ihren Ohren und hallte in ihrer Fantasie wider und wurde größer und fantastischer, und so buchte sie eine Reise, flog dorthin, denn Geld spielte keine Rolle – Gott sei Dank! Der Vater hatte vorgesorgt –, und dann war sie dort angekommen, in Dubrovnik, das so schön geklungen hatte, und auf dem Flughafen wurde sie vom Reiseleiter, wurde die ganze westliche Touristengruppe, den sozialistischen Tourismusvorgaben entsprechend, vom Reiseleiter abgeholt. Der Reiseleiter hieß Ivo. Zwanzig Jahre jünger als sie und ein Gentleman, ein wahrer Gentleman, naturgemäß, und Dubrovnik hielt, was der Klang des Namens, dem Fallen einer Münze gleich, deren Klang auf dem Boden nicht bricht, sondern nur heller erklingt, versprochen hatte. Und von dort aus ging das Leben meiner Großmutter weiter, es ging ihr besser, sie flog ein- oder zweimal im Jahr dorthin, damit es ihr besser ginge, und ja, es tat ihr gut, die Menschen, die Stadt, die Luft, die frische Luft, immer direkt am Meer, und zum Meer hin ging das Zimmer; und sie, auf dem Balkon, schaute am späten Nachmittag bis in den Abend hinein, bis zum Abendessen, hinaus aufs Meer, das Mittelmeer, gegenüber Italien, irgendwo, unsichtbar. Die Wellen klatschten lustig und monoton und beruhigend an den Kieselstrand, nach dem Essen nahm sie ihren Digestiv auf dem Balkon, das Meer war schwarz und in der Ferne sah sie die Lichter der Fischerboote und manchmal die der Tanker, und immer ging das Meer ruhig, fast berechenbar, mathematisch beruhigend, und so schlief sie ein, bei offenem Fenster, um sie herum die frische, salzige Luft. Morgen würde sie wieder in die Stadt gehen, in die Altstadt, in einem Café einen Cappuccino trinken, dann über das Kopfsteinpflaster, den Marmor, das Marmorpflaster, über die Stadtmauern, die Schutzmauern, die Befestigungsmauern der Altstadt den Rundgang entlangspazieren, den Rundgang, früher für die Patrouillen gegen Feinde und Piraten, heute für Touristen, und morgen würde sie wieder diesen Weg gehen und der Reiseleiter, ja, Ivo würde sie begleiten, ihr dies und das über die Stadt und über die Geschichte der Stadt erzählen, und sie würde ihm nicht zuhören, auch morgen nicht zuhören, sondern einfach nur darauf achten, wie sich beim Sprechen, wenn Ivo zu ihr sprach, wenn er von der Stadt, von der Geschichte der Stadt und manchmal auch von der des Landes, oder wenn er einfach nur über das Wetter sprach, wie sich seine Nasenspitze bewegte, wie sich die Grübchen in seine Wangen schoben, das linke etwas stärker ausgeprägt als das rechte, und wie er mit seinen feisten Händen, auch wenn der restliche Körper sonst sportlich und kräftig, gerade für einen Mittsechzigjährigen sportlich und kräftig war, abwechselnd durch die kurzen, borstigen, teils grauen, aber kräftigen Haare fuhr, den Schädel vielleicht verlegen, vielleicht nachdenklich rieb, streichelte, unbewusst, aber entzückend – an solches und dergleichen vieles mehr denkend schlief meine Großmutter ein, bei offener Balkontüre, offenem Fenster, hin zum Meer, und die frische salzige Luft strömte ins Zimmer, die Wellen klatschten beruhigend monoton die Nacht hindurch an den Kieselstrand, und am Morgen, wenn die Sonne durch das Grau der Wolken sich erst silbern in den Wolken ankündigte und sie dann golden durchbrach, und die alte Dame mutmaßlich von den ersten Schreien der Seemöwen geweckt wurde und sie mit einem Seufzer erwachte, (denn alles war, wie sie es sich wünschte oder erträumte) wusste sie, dass sie ihm auch heute nicht zuhören würde, sie würde ihn einfach nur anschauen und anschauen können, denn er würde da sein, bei ihr sein und sie durch die Stadt führen, wie immer durch die Stadt führen, denn das ging jetzt schon ein paar Jahre so, und es ging immer gut. Manchmal lächelte man sich auch verlegen an, gerade, wenn man nicht sprach – auch dafür war er bezahlt worden.

Das erzählte die Großmutter auf der Fahrt zum Flughafen nach Augsburg, so oder zumindest in Teilen, den Rest konnte ich mir denken, denn die Geschichten hatte sie mir oft genug erzählt, auch, fuhr sie fort, dass ja dann der Krieg, der Bürgerkrieg gekommen war und sie deswegen nicht mehr nach Dubrovnik hatte reisen können, und dass sie in dieser schwierigen Zeit, der Kriegszeit, dem Ivo immer Carepakete geschickt hatte, Päckchen mit Kaffee, entkoffeiniert, und Süßigkeiten und Zigaretten und einem netten Brief, dass sie an ihn denke – und sobald der Krieg vorbei gewesen war, war sie noch einmal hingeflogen, und dann noch einmal – und jedes Mal war dort der Ivo gestanden, der treue Ivo, am Flughafen war er jedes Mal gestanden, nur um sie, diese Male nur sie alleine, abzuholen. Auch das wusste ich, und ich nickte freundlich, denn es war schön, wie sie es erzählte, es immer wieder erzählte, einer Litanei gleich wiederholte, geradezu heraufbeschwor, und wie ihre Bäckchen dabei rot wurden, ihr Gesicht von innen her zu leuchten begann, von innen her von einem Licht und einem Glück, einem glücklichen Gedanken, dieser schönen Erinnerung durchdrungen wurde. »Ja, der Ivo. Wenn ich jünger gewesen wäre, nur etwas jünger, wer weiß …«, und dann lachte sie, wie immer, wenn sie das erzählte, aber jetzt ein wenig aufgeregter, aufgekratzter als sonst, und sie fasste sich dabei an das kaputte, geschwollene Knie, denn jetzt, in nur wenigen Stunden, würde da nicht der Ivo wieder am Flughafen stehen, nur für sie am Flughafen stehen, fünf Jahre später, so, als wäre nichts gewesen, keine Zeit vergangen? Sie lachte, und dann, fast schüchtern, etwa wie ein kleines Mädchen es tun würde, schaute sie sich zur Rückbank um, wo Frau Dresenkamp saß, die Frauen schauten sich flüchtig an, und ich glaube, Frau Dresenkamp lächelte zurück, und dann schlief meine Oma ein.

Augsburg hat einen Flughafen, einen kleinen Flughafen, ich wusste, bevor wir den Flug gebucht hatten, nicht einmal, dass die Brecht-Stadt überhaupt einen hat, aber sie hat einen, einen Regionalflughafen, von dort gingen Ende der Neunzigerjahre die einzigen Direktflüge nach Dubrovnik, nicht billig, aber die einzige Möglichkeit, und Geld spielte keine Rolle, dem Vater sei Dank, und außerdem sollte es die letzte Reise der greisen Dame sein, zumindest, wenn es nach ihr ging, und als die kleine Propellermaschine Fahrt aufgenommen hatte, als wir starteten und hörten, wie das Fahrwerk eingezogen wurde und sich die vielleicht zwanzig Passagiere darauf vorbereiteten, darauf hofften, die Anschnallgurte lösen zu dürfen, denn dann wäre die gefährliche Phase des Abhebens überstanden, da sagte sie:

»Alexander, ich bin froh, dir diese Reise noch ermöglichen zu können.« Und ich lächelte sie an und sagte: »Schön, dass du das noch einmal machst. Hättest du nicht gedacht, oder?« »Ja. Ja.«, sagte sie, fasste mich an der Hand und nestelte mit der anderen an ihrer silbernen Halskette.

»Nervös?«

Sie schaute mich an und grinste. »Die Halskette. Weißt du, woher ich die hab? Die hab ich aus dem Krieg.« Und dann erzählte sie, wie in den letzten Kriegstagen ein Zug mit verwundeten Soldaten und mit Flüchtlingen, Frauen und Kindern, der Zug auf den Dächern der Wagons jeweils großflächig mit dem Roten Kreuz gekennzeichnet, also als Krankentransport ausgewiesen, durch die Genfer Konvention geschützt, von Tiefffliegern beschossen worden war. (Als Kind sah ich noch die Einschusslöcher im Bahnhofsschuppen, kurz unterhalb des Giebels, glatte Löcher im gelb gestrichenen Holz, eine Salve.) Der Zug kam kurz hinter dem Bahnhof, hinter dem Bahnübergang, in der Schneise eines Hügels, zum Stehen, und sie erzählte, wie sie mit ihrem Hausmädchen eine der ersten an der Unfallstelle, ja, sie sagte Unfallstelle, der Krieg als Unfall, nicht einfach Unglück, nicht Schuld, sondern einfach Unfall, wie sie also eine der ersten gewesen sei an der Unfallstelle, und erzählte vom Schreien und Stöhnen der Verwundeten (der Flüchtlinge) und Doppelverwundeten (der Soldaten, Verwundete der Ostfront, die nun durch Bayern lief) und Sterbenden (Soldaten wie Flüchtlinge) und dem Dampf, der aus dem Lokkessel wie aus Poren zischte und nutzlos pfiff und langsam, wie das Schreien und Stöhnen der Sterbenden leiser wurde, wie sie versuchten zu helfen, unsicher, in Angst, dass die Tiefflieger wieder zurückkehren würden, und in Angst, dass sie die Tiefflieger bei all dem Lärm der Verwundeten und Sterbenden und dem aus dem Lokkessel pfeifenden Dampf zu spät hören würden, zu spät, um selbst in Deckung gehen zu können, und wie sie, die beiden Frauen, die

Dame mit dem blauen, dem fein geschnittenen blauen Kleid, dem Kleid aus gutem Stoff, einem Stoff, der weich fällt, in Wellen, einem Stoff, der wie Wellen über den Körper fällt, und ihr Hausmädchen, zwanzig Jahre alt vielleicht, die Haushaltsschürze, leuchtend weiß, umgebunden, um die schmale Taille gebunden, wie sie, die beiden Frauen, schließlich auf die erste Verwundete trafen. Sie fanden eine junge Frau neben den Bahngleisen, die sich aus dem Zug gerettet hatte, nur um jetzt, eben noch jung wie sie war, neben dem Gleisbett zu liegen, nicht viel älter als die Dame im blauen Kleid, eine Bäuerin vielleicht, rosa Kopftuch mit weißen Punkten, strähniges Haar, Bauchschuss, mit dunklem Blut auf dem blauen Bauernkleid (von anderem Blau, heller, fröhlicher, aber aus grobem Stoff, kratzendem Stoff, unmöglich geschnitten, gerade geschnitten, sackartig, mit einem hellbraunen, abgewetzten Ledergürtel (Schweineleder) in der Mitte zusammengerafft), das dunkle Blut, das nicht zu stoppen war und sich immer mehr und nutzlos verströmte, wie der Dampf aus dem Lokkessel, und als die Bauersfrau nach ihrem Kind fragte, die beiden Frauen nach dem Kind fragte, und, da es nun ans Sterben ging, trotz der Schmerzen ruhig, unbegreiflich ruhig war, wie sie da am Bahndamm, im Frühjahrsgras lag, wie sie dalag, drum herum Feldblumen, und als sie fragte, wie es ihrem Kind ginge und sich die beiden Frauen umschauten, auf den Dampf, den der Lokkessel ausstieß, energiegeladen, aber nutzlos, und das Blut aus der Bäuerin quoll und die Sterbenden schrien und dann wimmerten, nur um dann noch einmal, ein letztes Mal zu schreien, sich aufzubäumen oder schlicht in sich zusammenzusacken, und die beiden Frauen (jetzt, in ihrer Ratlosigkeit ohne Hierarchie, das Angestelltenverhältnis beinahe aufgehoben) ängstlich auf das Surren möglicher Tiefflieger lauschten und die Bäuerin im Gras liegen sahen, wo es für die Bäuerin keine Rettung, sondern nur ein Sterben gab, da schauten sich die beiden Frauen, die zur Hilfe geeilt waren (sicherlich war die Milch auf dem Herd längst übergekocht und der Topf, wenn überhaupt, nur schwer wieder zu säubern, aber wer wollte daran denken?), an und sagten, eine von beiden sagte, meine Großmutter sagte: »Deinem Kind geht es gut. Es ist dort hinten und wird gleich in Sicherheit gebracht. Sie retten zuerst die Kinder, dann die Verletzten.«, und die Bäuerin antwortete, dass es so gut sei. Eine der beiden Frauen sagte, dass gleich Hilfe kommen würde, und die Bäuerin lächelte und gab der Frau, die zu ihr gesprochen hatte, eine silberne Halskette, an der ein Hampelmann aus Silber hing, welcher zwischen den Beinen einen silber gewirkten Faden hatte, der, wenn man an ihm zog, die Arme und Beine des Hampelmanns bewegte, so bewegte, wie sich nur ein Hampelmann bewegen konnte, und die Bauersfrau sagte, sie solle es doch bitte ihrem Kind geben. »Ja«, sagte die Frau zur Bäuerin im Gras zwischen den Blumen, mit dem Blut auf dem blauen Bauernkleid. Dann hörten sie die Tiefflieger wiederkommen, und die beiden Frauen flohen über die Böschung hinter einen Baum, versteckten sich hinter dessen moosbewachsenem Stamm (und dachten: Nordwest!), hörten das Anschwellen der Propellergeräusche der Tiefflieger und dann das Rattern der Maschinengewehre, und als die Tiefflieger fort waren, gingen sie zur Bäuerin und fanden sie tot.

Meine Großmutter erzählte, dass niemand gerettet wurde. Auch die Kinder, die sich im Zug befunden hatten, waren umgekommen. Zwei im Zug, eines auf dem Bahndamm, zwei auf dem Weg ins Krankenhaus.

Seitdem trug sie immer diese silberne Kette mit dem silbernen Hampelmann.

Das sagte sie, und dann drückte sie meine Hand und schlief ein, den Kopf leicht zur Seite geneigt, und der Kopf mit dem silbernen, dauergewellten Haar vibrierte mit dem Körper des Flugzeugs, atmete mit den Geräuschen der Propeller, und so flogen wir, meine Großmutter, Frau Dresenkamp, die nervös eine Frauenzeitschrift durchblätterte, ohne zu lesen durchblätterte, nur um dann wieder, gleichfalls ohne zu lesen, von vorne anzufangen, und ich, über die Alpen, flogen etwas über das Mittelmeer und von dort nach Kroatien. Ich schaute aus dem Fenster und sah unter uns die Städte und Dörfer und die karstige Landschaft, kaum Grün, alles gelb und braun, dazwischen seltsame Wege, nicht Straßen, wie man sie kennt, die sich grau durchs Land schneiden, gewunden und verschlungen die Berge hocharbeiten, sondern schnurgerade Wege, durch die Berge, an Berghängen, alles erdig, nicht asphaltiert, scheinbar, von oben, aus der Propellermaschine heraus betrachtet, als wären die Wege mit einem Lineal gewogen worden, wären dort, als Ausdruck eines festen Willens oder einer fixen Idee, vielleicht auch einer logischen Konsequenz, die sich im Strich den natürlichen Anforderungen, Notwendigkeiten und Restriktionen der Möglichkeiten des Straßenbaus schlicht widersetzten und so der Kraft ihrer reinen Idee Ausdruck zu geben vermochten: In die Landschaft, durch das Tal, in den Berg hineingefräst. Ich konnte mir das nicht erklären, ich saß einfach staunend und betrachtend da, neben der schlafenden Großmutter, und blickte ungläubig nach unten, als wir dort oben in den Wolken hingen und die Propeller laut surrten, und ich dachte, dass diese schnurgeraden Wege vielleicht Relikte des Krieges seien, Versorgungsstrecken, eilig und dringlich dort hingebaut, hineingepflügt, und jede Linie Ausdruck des Willens, der Absicht hin zum Sieg, jetzt nutzlos und immer noch dort, einfach da, wie liegen gelassen oder wie Mahnmale: Für wen? Gegen wen?

Der Dubrovniker Flughafen, flach auf dem Boden ausgebreitet, drückte einen leeren sozialistischen Stolz aus. Hier und da kleinere Maschinen, von Tourismus nicht zu sprechen, nicht wirklich, alles in Ocker und Brauntönen, Lederimitat, Linoleum, dazu der aufgewirbelte Staub der Landefläche. Ich schob die alte Dame im Rollstuhl durch den Staub, über das Linoleum, zur Gepäckausgabehalle, sie hielt ihre Handtasche auf dem Schoß, draußen war es heiß, drinnen kalt, aber stickig. Frau Dresenkamp trottete hinterher, und wir holten das Gepäck vom Gepäckband, dann schob Frau Dresenkamp die alte Dame und ich den Gepäckwagen (Koffer, Taschen, Geschenke), bis wir zum Ausgang kamen, die elektronische Schiebetüre öffnete sich, und da stand er, der Mann, der Ivo. Meine Großmutter seufzte verzückt: »Hallo!«

Und: »Guten Tag.«
Und: »Freut mich.«
»Wie war der Flug?«
»Gut.«
»Schön.«
»Lange her.«
»Ja.«
Und: »Ja.«

Dann zum Hotel, dem alten Hotel, dem Hotel von früher, endlich. Auf der Fahrt dorthin in einem alten Mercedes 200D ohne Kühlergrill in Braun, das vielleicht einmal Metallicbraun gewesen sein mochte: noch ein alter Bekannter, Imre, der Taxifahrer, früher einmal Taxifahrer in Pforzheim, seit dem Zusammenbruch des Kommunismus wieder in Jugoslawien, seiner Heimat, und nach dem Krieg in Kroatien, seiner Heimat. Er sagte »Hallo« und freute sich, und meine Großmutter flüsterte mir zu: »Man kennt mich hier.« Ich lächelte sie an und kurbelte das Seitenfenster herunter, der Wind wehte mir durchs Haar und über das Gesicht. Imre wusste lustige Geschichten über den Krieg und die Unverwüstlichkeit seines Mercedes zu erzählen, und die alte Dame sagte, dass auf Mercedes eben immer Verlass sei. »Wir sind immer nur Mercedes gefahren«, als Besitzer einer Wurstfabrik, industrielle Schweineschlachtung. Mit den Tieren kam die alte Dame nie in Berührung, nur der Geruch, der Gestank hätte sie beinahe krank gemacht in den ersten Jahren:

»Aber dann bauten wir das andere Haus, im Stile eines Landhauses, keine Villa – eine Villa, das wäre dem Vater zu viel, zu protzig gewesen. Da war er Schwabe durch und durch. Aber Hausmädchen hatten wir immer. Wie viele habe ich nicht ausgebildet! Dabei musste ich ja selbst die schwäbische Küche erst lernen! Habe ich Kartoffeln als Beilage bereitet, oh, da war's aus! Du kannst einem Schwaben keine Kartoffeln servieren. Spätzle und Soß' – und saure Kutteln, das liebte der Vater, ich konnte das nicht ausstehen, aber aus Liebe hab ich's für ihn gemacht, und die Haushälterin hat mir dann was anderes gemacht. Jedem das Seine!« Sie zwinkerte mir zu und Ivo steckte sich eine Zigarette an, dann fiel ihm Imre ein und er reichte vom Beifahrersitz aus dem Imre die Schachtel, der nickte und sie rauchten, und Frau Dresenkamp betrachtete ihre Fingernägel, ihre in einem Metallicpastellrosa lackierten Fingernägel, und für einen kurzen Augenblick schien es, als sei sie enttäuscht, die Fingernägel nicht umdrehen zu können, und so betrachtete sie stattdessen ihre Handfläche und die Linien, die Lebenslinie, die Herzlinie und was da sonst noch ist oder war, dann entnahm sie der Handtasche eine Handcreme und cremte sich die Hände ein, penibel, langwierig, die Fingerglieder massierend, den Daumenballen drückend, den Handrücken mit kurzen Blicken, kurzen kritischen Blicken, wie ein Steak nach Altersflecken überprüfend und nur einen findend und diesen mit dem Daumennagel der anderen Hand kratzend, wobei sich die schwere Goldkette, die Goldkette mit den in sich gewundenen Gliedern, sanft an ihr Handgelenk der einen und weich auf die Haut der anderen Hand legte, und sie nach kurzem Reiben und Kratzen, als wäre der Altersfleck vielleicht Schmutz, der nicht weg ging und dem Daumennagel standhielt, instinktiv davon abließ und sich verstohlen, wie ertappt, umblickte, während ich das Meer riechen konnte durch das offene Fenster, riechen, bevor ich es sehen konnte, der Wind fuhr mir durchs Haar und über das Gesicht, die Großmutter sagte irgendetwas, das ich nicht verstehen konnte, und ich nickte, und dann sah ich das Meer und darüber den blauen Himmel mit nur wenigen Wolken, ganz vereinzelt, weit hinten, Richtung Horizont, klein, fern, weit weg, unerreichbar. Dort hinten schien die Sonne, golden.

So erreichten wir das Hotel, etwas außerhalb von Dubrovnik, an der Peripherie von Dubrovnik, Ausdruck ehemaligen touristischen Wertes und Wertstrebens, dafür direkt am Meer, weil außerhalb. Dann ein kurzes, scharfes Bremsen, das metallisch klang, und etwas Staub, der dem Mercedes hinterherwehte, und Stoßdämpfer, die kurz eintauchten, und Reifen, die im Staub blockierten, und wieder Stoßdämpfer, die ins Schwimmen gerieten – dann hielt das Taxi, dann hatte Imre den Mercedes schlingernd vor dem Hotel zum Stehen gebracht, und die Staubwolke erbrach sich ins offene Seitenfenster. Wild West. Früher hatte man hier Karl-May-Filme gedreht.

Ich stieg aus, denn mir wurde das Los zuteil, als Erster ins Hotel zu gehen, um uns dort, wie die feine alte Dame sagte, anzukündigen. Das Hotel war ein weiß gestrichener, vielstöckiger Betonbau mit verspiegelten Fenstern, einem riesigen Kreuzfahrtschiff nicht unähnlich, eben nur mit Ecken und Kanten, aber eben auch mit Balkonen ringsum. Deck für Deck, Zimmer für Zimmer. Und drum herum die Reling. Alles in allem: Gewaltig, ja, monumental stand es dort. Ein sozialistisch-feudales Versprechen – so wahr wie die Texte von Karl May.

Und auch hier, wie mir die Großmutter erzählt hatte, war der Krieg gewesen.

Ich stieg durch den Staub die Marmortreppen zur Empfangshalle und zur Lobby empor, öffnete die mit goldenem Messing besetzten Türen, das heißt, ich wollte sie öffnen, doch kurz bevor ich nach den prunkvollen Messingtürgriffen greifen konnte, stoben sie wie magisch, und doch nur auf ein elektrisches Signal des Bewegungsmelders hin, auseinander; ich trat ins kühle und nicht wirklich helle, sondern eher düstere Innere des Hotels und schritt Richtung Rezeption. Dort sprach ich vor dem sich mir gegenüber hinter seinem Desk aufbauenden Uniformierten den Namen meiner Großmutter aus, und, nachdem er zunächst nicht allzu freundlich dreingeschaut hatte, ja, beinahe hätte ich mich nicht getraut ihn anzusprechen, lächelte er doch oder verzog sein Gesicht zu etwas, das er dafür halten mochte (und vielleicht damit verwechselt werden konnte) und griff dabei zum Telefon, nahm den Hörer ab, wählte eine dreistellige Nummer auf der Wählscheibe des Telefons, und dann wartete er, bis am anderen Ende abgenommen werden würde, wobei er mir zwischenzeitlich durch einige durchaus ruckartige Gesten, die wahrscheinlich als freundlich-höflich gedeutet werden sollten, zu verstehen gab, mich etwas, wenn auch nur kurz, zu gedulden.

Kurz darauf erschien eine feiste, groß gewachsene Frau in einem Blümchenkleid (rote, gelbe und violette Blümchen, knielang, mit einem weißen Gürtel): feistes, gelblichrosafarbenes Gesicht, im Verhältnis zum Körper kurze Arme (so schien es mir) und kleine Augen, die aus eben diesem feisten Gesicht bestimmt herausschauten – sie schien kaum zu blinzeln, alles immer im Blick halten zu wollen, denn ihr Blick war nicht stierend oder starr, sondern agil, aufgeweckt, neugierig, prüfend. Dahinter mit etwas Abstand, einem Abstand, den man durchaus als höflich bezeichnen konnte, der aber auch etwas Repräsentatives haben mochte, zwei Mädchen, zwischen dreizehn und fünfzehn, schätzte ich, die eine, die Jüngere, mit einem kleinen Stapel Bücher und Hefte unter dem Arm, die andere mit einer Umhängetasche, auf der in roten Buchstaben »Puma« zu lesen war und die der Form nach einen Tennis- oder Badmintonschläger beinhaltete, verbarg oder schützte. Die im blümchenbemusterten

Kleid gewandete Frau streckte mir energisch die Hand entgegen (sie fühlte sich rau, trocken und fleischigfest an), und wir schüttelten uns die Hände, vielleicht etwas zu lange, als es für ein wechselseitiges Bekanntmachen, Begutachten und Einschätzen zulässig zu sein mochte, dann sagte sie, die Worte dabei etwas versetzt fallen lassend:
»Hallo. Maria. Alexander?«
»Hallo.«
»Wo ist denn die Großmutter?«, fragte sie dann bestimmt und nahezu akzentfrei, als habe die feine alte Dame keinen Namen, und dabei schaute sie sich um, schaute raus, schaute an der Rezeption und am Rezeptionisten vorbei (der uns jetzt für jeden verständlich freundlich angrinste), schaute raus aus dem Hotel, durch die gläserne Eingangstüre.
»Draußen«, sagte ich.
»So. Ach, das sind …«, sie gab den beiden Mädchen einen Wink, »… meine Töchter. Anne und Franceska.«
Die Töchter gaben mir, eine nach der anderen, höflich die Hand und zierten sich dabei fast ein wenig – ich wusste nicht warum, aber es hatte den Anschein, als hätten sie kurz darüber nachgedacht, einen Knicks zu machen, einen Knicks!, als hätten sie das vorher eingeübt und als wären sie sich jetzt nicht mehr sicher, denn wozu einen Knicks machen, in der Lobby, vor dem kostümierten Rezeptionisten und vor jemandem, den sie nicht kannten, vor mir – dachte ich und dachte, was ich mir denn einbilden würde, überhaupt zu denken wagen würde, das, so was! gedacht haben zu können, aber jedenfalls, egal warum, da war etwas gewesen, oder nicht? Ein kurzes Zögern, eine Unsicherheit, ein Innehalten und Abbrechen, das Nichtausführen einer geplanten Bewegung … Ja, so kam es mir vor, aber die Frau, Maria, war schon an mir vorbei und die beiden Töchter folgten der Mutter schnurstracks (wie kleine Entchen), eilten durch die gläserne Türe (und das beinahe wortwörtlich, denn fast hätte

sie sich nicht schnell genug geöffnet, automatisch-magisch geöffnet, die Türe) und hielten kurz dahinter abrupt an, wobei sie scheinbar zwanglos, ganz natürlich ihre Reihenfolge aufrechterhielten (Mutter vorne, Töchter in kurzem, höflichem Abstand dahinter: quak, quak) – die Elektronik der Schiebetüre traute sich nicht, die beiden Glashälften zu schließen –, bauten sich dort auf, standen kurz still und dann rief Maria:

»Ach, hallo! Hallo! Da sind Sie ja!« und eilte auf den metallicbraunen Mercedes 200D zu. Die beiden Töchter blieben unschlüssig stehen. Ich drängte mich artig und höflich an ihnen vorbei, denn der Ivo öffnete gerade der Großmutter die Wagentüre, während Frau Dresenkamp sich selbst zu helfen wusste. Imre öffnete bereits unter sanfter Gewaltanwendung den Kofferraum. Wohin ich auch eilen mochte, es schien, ich wäre für alles zu spät, als wäre mir alles oder irgendetwas zu spät eingefallen, zu helfen, beispielsweise. Ja, so muss es ausgesehen haben und so kam es mir plötzlich auch selbst vor. Ich stürzte dann, nach kurzem Abwägen, zu Imre, um den Rollstuhl der Großmutter entgegenzunehmen – aber keine Chance, da war Imre pflichtbewusst (beinahe angegriffen in seiner Taxifahrerehre), und so schüttelte er den Kopf und verdeckte mit der mir zugewandten Schulter meinen Griff hin zum Kassenrollstuhl.

»Wie lange – !«
»Ja!«
»Hallo!«
»Schön ist – «
»Schön, ja – «
Maria und die feine alte Dame.

Ich versuchte das Gepäck auszuladen, aber auch hier war Imre schneller und verwehrte mir das Gepäckausladen durch eine unmissverständliche Handbewegung. Na gut! Dann fahre ich eben den Rollstuhl zur Großmutter, dachte ich, doch Frau Dresenkamp strich bereits das darauf befindliche Sitzkissen zu-

recht und rollte ihn dann selbst zur Großmutter, und diese, die Großmutter, zu der ich als nächstes eilte, wurde bereits vom höflich zuvorkommenden Ivo gestützt, der lächelnd und rauchend und also bereits stützend neben ihr stand, wie verabredet. Derweil setzten die Großmutter und Maria ihre freudige Begrüßung fort:
»Ach.«
»Ja.«
»Willkommen!«
»Schön.«
Küsschen links, Küsschen rechts, Küsschen links.
»Willkommen!«
Frau Dresenkamp hatte mit dem Rollstuhl neben der Großmutter angehalten, war aber übersehen worden in der Wiedersehensfreude. Als sie nun höflich wartend von der feinen alten Dame bemerkt wurde, wehrte diese ihre Hilfe ab:
»Nein, nein.«
Gestützt an Ivos Arm, so aufrecht und sicher wie es ihr möglich war, ging sie auf das Hotel zu, als habe jemand Geburtstag, nur ich kam mir vor, als sei ich dazu nicht eingeladen worden, seltsam. Sie gingen auf den Eingang, die Treppe zu, langsam, keine Eile, stolz und als ob es etwas zu beweisen gäbe, Schritt für Schritt, mit beiden Händen an Ivos Arm schritt sie auf die Treppe zu, und Maria nahm Großmutters anderen Arm, ebenfalls stützend – aber die feine alte Dame hielt sich mit beiden Händen nur an Ivos Arm (als könne sie nicht davon lassen, als wäre er ihre einzige Sicherheit, ihre einzige Rückversicherung – der Arm, der Ivo –, bloß: wofür?) und sagte:
»Es geht schon. Geht schon. Nur eben langsam.«
Sie lächelte Maria an und Maria sagte, dass sie das prima mache: »Prima machen Sie das!«, und dass das, die beiden Mädchen, die da oben (etwas verloren) auf dem Treppenabsatz stünden, dass das – »Anne! Franceska!« – ihre beiden Töchter

seien, welche nun, immer noch unsicher auf dem Treppenabsatz stehend, einen Wink ihrer Mutter bekamen, die Treppe halb hinunterschritten, grazil, fast etwas kokett, und der feinen alten Dame die Hand reichten, ihr nacheinander, die Jüngere zuerst, die Hand gaben und das Ganze mit einem kleinen Knicks betonten, aufwerteten, meine Großmutter aufwerteten – und eben: Ich hatte es geahnt, aber vorher nicht gewusst, dass da etwas gewesen war, dass was im Busch (wie man so sagt) gewesen war, und hatte jetzt das Gefühl, es zu wissen, vielleicht, zumindest, also mutmaßlich, aber jetzt hatte ich also ganz bestimmt das Gefühl oder vielmehr das bestimmte Gefühl, meiner Großmutter bei der nächstmöglichen Gelegenheit eine ähnliche Gunst erweisen zu müssen.

»Mensch, seid ihr groß geworden!«

Mit dieser Erkenntnis, dem nun endlich benennbaren Gefühl dessen, was ich wohl offensichtlich verabsäumt hatte zu tun, stand ich noch etwas alleine da, schaute mich verlassen um und trottete dann der Gruppe wie unnütz hinterher. Nicht einmal meinen eigenen Koffer, nicht einmal meine Umhängetasche durfte ich selbst tragen.

»Nein, nein, die tragen wir für Sie!«, sagte der Concierge, der die Boys, die Laufburschen, rief, die in ihren roten Uniformen gelaufen kamen und alles Gepäck (Koffer, Taschen, Geschenke), welches der Imre inzwischen die Treppe hinaufgetragen hatte, in zwei Hotelgepäckwagen verstauten und damit wegfuhren, aber einen anderen Weg einschlugen als die feine alte Dame am Arm des Ivo und der Maria, gefolgt von Frau Dresenkamp und den Töchtern (auf halber Strecke hatte sich die alte Dame dann doch in den Rollstuhl gesetzt – oder hatte sie sich bereits vorher schon gesetzt oder Ivo setzen lassen?), jetzt von Ivo, dem treuen Ivo, dem sie doch immer Carepakete geschickt hatte, geschoben, und ich wusste im ersten Augenblick nicht, welcher Gruppe ich folgen durfte, wollte oder sollte, weil ich für einen kurzen Moment unaufmerksam gewesen war (»Das Hotel, was für eine seltsame Architektur! Gab es für den Entwurf eine öffentliche Ausschreibung? So weiß, so verspiegelt? Oder gibt es noch mehrere dieser Hotels, nur an anderen Orten, handelt es sich um eine sozialistische Einheitsarchitektur?«, fragte ich mich in Anbetracht des Kreuzfahrthotelschiffes), kurz den Laufburschen (leuchtend rote Uniformen: Wie kriegen die das hin? Neu?) hinterhergetrottet war, nicht bemerkt hatte, dass sie sich von der anderen Gruppe (Großmutter, Ivo, Imre, Maria und Entlein) getrennt hatten, den Irrtum dann aber feststellte, dabei jedoch nicht sicher war, ob es tatsächlich ein Irrtum sein konnte, weil ich mir in diesem kurzen Moment meines Platzes nicht bewusst war, dann aber wieder kehrt machte und mich der mutmaßlich richtigen Gruppe (immerhin) selbst hinterhertrug.

Das Zimmer, von dem meine Großmutter sagte, es wäre das »Zimmer wie immer« (was ihr von Maria mit »Natürlich. Selbstverständlich. Für Sie. Wie immer.« bestätigt wurde), befand sich im siebten und letzten Stock des Hotels, zum Meer hin, das Zimmer, das kein Zimmer war, sondern eine Suite in plüschigem Rosa, loftartig mit breiter Fensterfront zum Meer hin, raus zur Dachterrasse, und dahinter lag das Meer, weit, mit sanftem Wellenspiel, das Meer, und darüber Möwen und dahinter, hinter dem Meer, Italien, irgendwo, unsichtbar, und in der Ferne, am Horizont, kurz vor dem Horizont, vor dieser Linie, hinter der alles aufzuhören scheint, aber dennoch weitergeht, auch wenn es nicht so aussieht, sodass man in diesem Fall seinen Augen nicht trauen darf, kurz davor kündigte sich ein Gewitter an – am Horizont über dem Meer war es schon sichtbar, von dort wehte ein frischer, salzig riechender, angenehm kühler Wind durch die offene Glasschiebetür, die Frau Dresenkamp nun sanft zu schließen begann, während der Ivo die feine alte Dame neben den Wohnzimmertisch platzierte (den danebenstehenden Stuhl hatte Maria beiseitegenommen und einer der beiden Töchter gegeben, mit einer Anweisung, die ich nicht verstanden hatte, aber wohl die Bitte beinhaltet haben musste, den Stuhl nach draußen, vor die Türe der Suite zu stellen, denn genau das tat Anne oder Franceska), und die feine alte Dame eben dort, an diesem wunderbaren Ort platzierte, von dem aus man alles im Blick hatte, das Meer, den Ivo, die Maria, den Imre, Frau Dresenkamp, mich und die Töchter, mit dem Rücken zur Wand.

Und da war er jetzt (einem Zaubertrick gleich), der Ivo, stand in ihrem Hotelzimmer, in der Suite, mitten unter den anderen – und ständig suchte sie, die greise alte Dame, seinen Blick –, und manchmal, wenn sich wie zufällig ihre Blicke trafen, schaute sie, als sei sie schüchtern, wie beiläufig zur Seite, schaute weg, als sei es eben ein Zufall, ja, nicht einmal das!, gewesen, dass sich ihre Blicke getroffen hatten, als wäre dies beim natürlichen, beim nur allzu natürlichen Umherschauen geschehen, als habe sie ihn nicht einmal bewusst angeschaut, ja nicht einmal gesehen, sondern allenfalls und bestenfalls mit dem Blick gestreift, also so, als wäre er es gewesen, der sie angeschaut habe und sie immer wieder anschauen würde (ein Trick, den sie seit ihrer Pubertät beherrschte, ohne dass er ihr beigebracht worden wäre), und dann, wenn sie weggeschaut hatte, lächelte sie. Wie für sich. In sich hinein, als würde sie sich sagen, immer wieder selbst sagen: Welch ein Glück, welch ein Glück! (– also ein Glück, das nur die Pubertät und dann eben wieder das Alter kennt.) Und Maria begann ihre Erzählung vom Krieg und der Kriegszeit, begann die Erzählung, wie aus dem Nichts (oder zumindest auf ein Zeichen hin, das ich übersehen hatte) oder einfach eben nur so, als ob es eine Lücke zu überwinden, eine Brücke zu bauen, vielleicht auch nur eine peinliche Stille zu überdecken galt. (Manchmal ist Schweigen Silber und Reden Gold ...) Sie erzählte, und ihr Gesicht arbeitete dabei, arbeitete mehr als ihr Körper, legte sich – so weit in seiner Teigigkeit möglich – mal nachdenklich in Falten, mal zog es sich wieder straff, produzierte dann ab und an ein (ungewöhnlich hohes, nicht aus dem Körper kommendes) Lachen, fror wieder ein (beinahe mitsamt der Lippen), stieß erneut Worte, einen ganzen Strom von Worten, einen Wortfluss hervor, der abrupt versiegte, sich aufstaute und von Neuem aus ihrem Gesicht hervorquoll und das teigige, fleischige Gesicht erzittern ließ, aber eben ohne ihren Körper zu bewegen, noch ihre Arme oder Hände, oder ihre Hände gar für unterstreichende Gesten zu gebrauchen. Ihre Arme und Hände hingen nutzlos herunter, als stünde sie, Maria, während sie erzählte unter Schock. Und was sie erzählte, war:

Dass sie sich freue. Dass es lange her sei. Dass sie das nicht glauben könne. Dass die Zeit schrecklich gewesen sei. Dass der Krieg schrecklich gewesen sei. Dass das Hotel im Krieg auch Kriegsschauplatz gewesen sei. Dass es beschossen worden sei. Dass es einen Brand im Hotel gegeben habe. Dass später Flüchtlinge ins Hotel gezogen seien. Dass die Hotelleitung die Verantwortung niedergelegt und geflüchtet sei. Dass das Hotel in dieser schwierigen Zeit ohne Leitung gewesen sei. Dass sie zusammen mit anderen Angestellten die Leitung interimistisch übernommen habe, sich um das Hotel gekümmert habe – und um die Flüchtlinge, sich um beides ja habe kümmern müssen. Dass ihr Mann ihr im Hotel keine Hilfe habe sein können. Dass er ja Polizist sei. Und dass die Polizisten im Krieg ja alle Hände voll zu tun gehabt hätten, sich um den Rest der öffentlichen Ordnung hätten kümmern müssen, um die Menschen, die Flüchtlinge und die ganzen Flüchtlingsströme, ja, in Wellen seien sie gekommen, und überhaupt so vieles hätten sie, die Polizisten, organisieren müssen. So, wie sie auch – und die anderen – im Hotel viel zu organisieren, zu improvisieren hatten. Und dass es da manchmal geholfen habe, dass ihr Mann bei der Polizei gewesen sei, denn der hatte Kontakte, und die Kontakte habe sie nutzen können. Und dass trotzdem das Hotel viel Schaden genommen habe. Auch wegen der Flüchtlinge. Durch die Flüchtlinge. Aber man habe sie ja nicht einfach verjagen können, nicht? Und dass es erst jetzt wieder bergauf gehe, dass die letzten Kriegsschäden erst seit einem Jahr beseitigt seien. Und dass sie jetzt Teilhaberin des Hotels sei. Mit einem kleinen Anteil, einem winzigen Anteil. Der aber wichtig sei für sie, eine Belohnung für die freiwillig übernommene Arbeit »in jener Zeit« sei. Und jetzt sei sie für das gesamte Reinigungspersonal zuständig. Nicht mehr nur auf einem Stock. Nein, für das gesamte Hotel. Auch für den Garten. Auch für die Hausmeister, den Swimmingpool und den Tennisplatz. Dass es viel Arbeit sei, aber dass es ihr auch Spaß mache, sie könne ja täglich den Fortschritt sehen, wie alles wieder aufgebaut werde. Und: dass die Touristen wiederkommen würden. Kommen sollten. Wie früher. Denn: Es sei doch noch immer schön hier, nicht? Beinahe schöner als vorher. Zumindest das Hotel. Jetzt. Man hätte es ja ohnehin modernisieren müssen. (Worüber sie lachte.) Und dass sie ihren Mann leider entschuldigen müsse, er wäre so gerne zur Begrüßung dagewesen, aber Dienst sei eben Dienst. Und dass er nebenher jetzt versuchen würde, ein Import-Export-Geschäft aufzuziehen. Dass er aber alsbald mit ihr zusammen zu Besuch kommen werde, denn sie würden natürlich zusammen den Ehrengast, die feine alte Dame, besuchen wollen.

Und währenddessen hatte der Ivo unter den anderen gestanden, hatte aufmerksam mitgehört, zugehört, gelächelt und genickt – und immer wieder hatten sich die Blicke des Ivo mit denen der feinen alten Dame getroffen, hatten sich ihre Blicke flüchtig berührt, und die Großmutter sagte ab und an: »Ach.«, »Wirklich?«, »Oh!«, »Ja.«, »Nein.«, »Das ist ja …«, »Mhm« und nickte oder schüttelte den Kopf und war bei all dem gerührt. Es war schön, die feine alte Dame so zu sehen. Und dann war Marias Geschichte vorbei und es entstand eine Pause. Nicht unangenehm, denn irgendwie begann die Luft zu knistern.

Es ging an die Geschenkverteilung, die Präsentausgabe, wobei Frau Dresenkamp, die sich während Marias Erzählung verlegen und etwas abwesend, aber nicht unhöflich abwesend, mit den Daumenballen ihrer Hände und mit ihrem Altersfleck beschäftigt hatte (der Fleck hatte immer noch nicht weggehen wollen – manchmal hatte sie ihre »Handarbeit« plötzlich, als wäre sie in diesem Moment erst selbst darauf aufmerksam geworden, unterbrochen, aber dann hatte sie doch wieder selbstvergessen damit begonnen), geflissentlich das Mitgebrachte reichte, die Päckchen und Pakete der Großmutter reichte, die sie entgegennahm und dann unter der Nennung des jeweiligen Namens weitergab an die betreffende und bedachte Person, die sich darauf artig und überschwänglich bedankte, die beiden Mädchen machten sogar einen Knicks, selbst Imre wurde bedacht und natürlich auch Frau Dresenkamp, und alles war wie ein frohes Fest, wie Weihnachten, bloß ohne Schnee, dafür ohne Firlefanz, auch wenn der treue Ivo leer ausgegangen war, wenn er nichts bekommen hatte, sondern eben nur einen Blick, einen langen Blick mit der feinen alten Dame austauschte und sie beide ihren (vielleicht) wissenden Blick teilten und still lächelten, und die Großmutter dann noch mal den sich über sie ergießenden, überschwänglichen Dank entgegennahm. Noch glücklicher: Seligkeit.

Und dann war sie müde. Erschöpft, natürlich, wobei sie sich ans geschwollene Knie fasste, die Runde auflöste und somit alle verabschiedete, und auch ich wurde verabschiedet, und zwar als Erster. Man würde sich dann zum Abendessen sehen, nicht? Neunzehn Uhr?

Ich gab der feinen alten Dame ein Küsschen links und rechts auf die Wange und ging aus dem Zimmer, aus der Suite, den Gang runter, ging den Gang entlang (ockerfarbener Teppich, weiß gestrichene Raufasertapete (vielleicht auch deren Kunststoffpendant: Wenn man auf die Erhebungen drückt, geben sie nach: Schaumstoff)) und ging einen anderen Weg, nicht den Weg, den ich im Gefolge der alten Dame heraufgegangen (und dann im Silber und Messing des verspiegelten Aufzugs hinaufgefahren) war, ich ging den Gang weiter, bis zu einem anderen Aufzug neben einer Treppe, einem schlichten Aufzug, die Türen verschrammt, abgeplatzte bordeauxrote Farbe, die Linien des Pinsels in der Farbe noch deutlich zu sehen: Ergebnis einer hastigen Renovierung (entsprechend den Überstreichungen der durch das Salzwasser korrodierenden Schiffsaufbauten), der Aufzug für Bedienstete, der Aufzug der Boys, der Kofferträger, der modernen Sklaven des Kapitalismus: eilfertig und unterbezahlt.

Ich fuhr ins Erdgeschoss und stieg kurz hinter der Lobby aus. Ich ging zum Ausgang, die elektrische Schiebetüre öffnete sich, ich stand auf dem Treppenabsatz. Schwüle Luft schlug mir entgegen. Ein diesiges Blau, der Himmel: drückend, lastend. Das Gewitter kündigte sich an, verengte den Horizont, aber es war nicht wirklich zu erkennen in dem kleinen Ausschnitt des Meeres, den man von hier aus sehen konnte, über dem Möwen und das Zirpen von Zikaden in der Luft hing – ich versuchte durchzuatmen, musste husten und ging rein, ins Hotel, ging durch die Hoteleingangstüre. Der Portier lächelte mich freundlich an, Maria stand daneben und fragte, ob ich nicht auch auf mein Zimmer wolle?

Das mir zugeteilte Zimmer lag dem der feinen Dame gegenüber, war aber keine Suite und nicht feudal, sondern schlicht, aber geräumig, dazu ein großer Balkon mit Blick aufs Meer, und das Meer ging unruhig, der Himmel hing tief und die ersten Regentropfen fielen, große Regentropfen, sie zerplatzten auf dem Beton des Balkons und klopften ans Fenster.

Maria erzählte noch einmal, wie sie sich freue, gerade auch mich kennenzulernen, und dass ich unbedingt ihre Töchter näher kennenlernen müsse, und auch und überhaupt (fuhr sie überschwänglich fort) ihren Mann, der eben mit dem Aufbau seines Import-Export-Geschäfts beschäftigt und sonst nach wie vor bei der Polizei beschäftigt sei, ihr Mann, der mich ja noch nicht einmal gesehen habe, und dass die feine alte Dame doch noch erstaunlich rüstig sei, erstaunlich rüstig, ja, in der Tat. Auch die Sache mit dem Knie sei sicherlich zu beheben. Ich antwortete »Ja, ja.« Und fragte mich, ob ich ihr Geld geben müsste für das Zeigen des Zimmers, für die Laufburschen, die mein Gepäck ins Zimmer gestellt hatten und die nun höflich im Hotelflur warteten; entschied mich aber dagegen, hatte ohnehin nichts zur Hand, dachte, es könnte auch als unhöflich ausgelegt werden, verzichtete und verabschiedete mich von Maria.

Zum Abendessen kam ich pünktlich, aber scheinbar doch zu spät. Die feine alte Dame saß mit einem vorwurfsvollen Blick, dem ich mit einem freudigen Lächeln zu begegnen suchte, aufrecht, ordentlich und stolz zu Tische, neben ihr Frau Dresenkamp, die mit dem Geraderücken des Bestecks beschäftigt zu sein schien. Die Großmutter wies mir meinen Platz ihr gegenüber am Vierertisch zu, mitten im riesigen Speisesaal, dem Hotelrestaurant, das etwa zu einem Viertel gefüllt war, die Tische selbst allerdings nur spärlich besetzt – die Hotelgäste wirkten etwas verloren in der Größe des Saales, als wolle keiner laut sprechen, als traue sich niemand, die Tischkonversation in normaler Lautstärke zu führen, geschweige denn die Stimme zu erheben, ein dumpfes Gemurmel füllte den Raum, schwoll ab und an, auf und nieder, und – wie ein Versehen – gesellte sich ab und an ein Gläserklingen hinzu. Die feine alte Dame schien jetzt wieder ausgeruht, beinahe etwas überdreht, als sei sie selbst erheitert über ihre Freude, was mich beruhigte, denn die Reise war für sie ein Triumph, eine Selbstüberwindung gewesen, und jetzt schon ein Sieg, der Anlass zur Freude im doppelten Sinn: Der Ivo, er würde sie morgen besuchen kommen, und vielleicht übermorgen wieder. Und am darauffolgenden Tag? Und die Maria? Und das Hotel – war Dubrovnik nicht wieder die Erfüllung aller Wünsche, war es nicht ein Versprechen, das gehalten worden war, nach wie vor, trotz allem, nach all der Zeit, trotz des Krieges, trotz ihres schlimmen Knies golden glänzend?

Aus diesen Gründen war sie angestachelt von den Erlebnissen des Tages und von dem Gedanken daran, was der morgige Tag bringen würde, und so fragte sie mich, was, wenn der morgige Tag doch schon so viel Gutes verhieße, was dann die gesamte Zeit hier – in ihrem Dubrovnik – erst verheißen würde! Trotzdem, warum ich zu spät gekommen sei?

»Ich habe mit meiner Freundin telefoniert.«

»Diesem Mädchen aus dem Studium?«

»Ja.«

»Na ja, wenn man jung ist! Wenn ich noch mal jung wäre, wer weiß!«, sagte sie und lachte.

Dann entschied sich jeder für sein Menü und die feine alte Dame entschied sich für eine Flasche Rotwein; nicht für sich, sondern für uns alle, denn: Gab es nichts zu feiern?

Frau Dresenkamp fragte, ob sie sich kurz entschuldigen dürfe. »Familiäre Angelegenheiten«, sagte sie und schaute nervös die feine alte Dame an. »Nichts ist so wichtig wie die Familie.«, sagte diese, und Frau Dresenkamp räusperte und verabschiedete sich mit einem Nicken.

»Gutes Personal ist heute schwer zu finden.«

Ein uniformierter Kellner servierte den Rotwein, und die feine alte Dame nahm einen großen Schluck und sagte, wie gut das tue und wie gut das schmecke und dass man im Altersheim ja immer vergesse, wie schön das Leben gewesen sei, wie gut es mitunter zu einem sei. Aber natürlich, auf der anderen Seite sei das Leben ja nicht immer gut zu einem. Wie käme man sonst in ein Altersheim? Und überhaupt: Das Leben sei keine leichte Aufgabe. Das habe schon ihr Vater gesagt. Manchmal müsse man einfach nur Haltung bewahren. Darauf käme es an. Und natürlich auch auf Glück. Und auf Sicherheit. Finanzielle Sicherheit. Liebe sei etwas, das man sich leisten können müsse. Da habe sie auch früher anders drüber gedacht. Denn: Daran denke man in der Jugend ja nicht. In der Jugend, da sei die Liebe nicht mal ein Geschenk, sondern nur eine Sehnsucht. Und deswegen würden sich die jungen Leute ja auch ständig verlieben. Aber sie, sie habe dabei immer an die ewige Liebe geglaubt, immer daran gedacht. Und als sie dann den Vater, meinen Großvater, kennengelernt hatte, da war sie sich sicher, dass das die ewige Liebe sei. Das habe sie einfach gewusst und gespürt. Aber auch das habe sie schon damals nüchtern betrachtet (so sagte sie mir, und sie sagte, dass ich das jetzt vielleicht in meinem Alter noch nicht verstehen könne, aber man würde das lernen, müsse das lernen, mit der Zeit), denn:

»Nichts ist sicher. Alles verändert sich. Die Umstände verändern sich. Immer. Ständig«, und dann spülte sie ihren letzten Bissen Cevapcici mit einem Schluck Rotwein hinunter – man müsse das nüchtern sehen, denn:

»Zunächst glaubst du an die ewige Liebe. Du machst ein paar Anläufe und dann denkst du, du hast den Richtigen gefunden, die Liebe fürs Leben. Erst wohnt ihr zur Miete, später baut ihr ein Haus und irgendwann, ja, irgendwann schenkst du ihm Kinder, weil ihr beide wollt, dass eure Liebe Fleisch wird. So geht das ein paar Jahre, man entwickelt sich, er geht mal fremd, weil das so sein muss bei Männern. Ich war immer treu, weil ich es wollte, dazu brauchst du einen Willen, aber den findet man bei Männern schwer. Das tut erst weh, aber irgendwann kommst du darüber weg, weil es so sein muss und am besten weißt du nichts davon, denn … Und dann wird man älter, und zusammen älter, und hat das mit dem Haus und den Kindern geschafft, das eine Haus ist längst gebaut, das Dach inzwischen erneuert, dann ein weiteres Haus gebaut, ein moderneres, das alte bekommt das eine Kind und das andere wird das andere Kind bekommen, wenn ihr tot seid. So geht es also über die Jahre, und es geht alles gut, ja, es ging gut, ganz gut soweit über die Jahre, die Jahrzehnte, dann stirbt der Vater, unser Vater, schließlich war er älter, aber er stirbt nicht einfach so weg, sondern er lässt sich Zeit beim Sterben, denn er stirbt an Krebs, und das dauert seine Zeit, auch im Alter, auch ohne Chemo. Und das ist hart. Hart für den Partner, weil er sich Zeit lässt, langsam weniger wird, aber zäh am Leben klebt und festhält. Das war nicht einfach für mich. Manchmal wollte ich einfach alles hinschmeißen und wegfahren. Wegfahren, einfach raus und nicht wiederkommen, erst wiederkommen, wenn es endlich vorbei ist. Ich konnte das nicht mehr sehen. Wenn ich eins gelernt habe – und du kannst alt werden wie eine Kuh, du lernst doch immer noch dazu –, dann, dass alles zugrunde geht, dass nichts bleibt, nichts bestehen, kein Wert bestehen bleibt. Was haben wir nicht alles verloren, der Vater und ich. Wirtschaftskrise, Inflation, Krieg. Immer alles weg. Alles, was dir dann bleibt, ist ein Haus, aber auch ein Haus kann abbrennen, das Dach ist marode, irgendwas ist immer, und dann ist das auch kaputt. Alles geht irgendwann kaputt. Das einzige, das bleibt, ist Gold. Gold behält seinen Wert. Gold rostet und verkommt nicht, und du musst es nicht instand halten.«

Ich nickte und wir nahmen einen Schluck Rotwein.

Dann folgten ihre Fragen nach meinem Studium und, wie sie sagte, nach dieser neuen Freundin, die ich im Studium jetzt kennengelernt habe. Ich antwortete höflich-einsilbig und gab vor, mit dem Verzehr des Nachtischs beschäftigt zu sein. Aber ich sagte, wie sehr ich mich für sie freuen würde. Für sie, dass sie diese Reise noch einmal gewagt und auf sich genommen habe.

»Hättest du vorher nicht gedacht, oder?«, sagte ich.

»Schön, dass ich dir das noch alles zeigen kann«, sagte sie.

Und dass der Ivo in der Tat ein interessanter Mensch sei.

»Ein Gentleman.«
»Ja.«
»Weißt du, man muss auch zusammenhalten können. Vertrauen fassen können. Je älter man wird, desto schwieriger wird das. Umso größer ist dann das Geschenk. Wenn dir jemand Vertrauen schenkt. Das muss man annehmen können. Das muss man erst wieder lernen. Da muss man manchmal über seinen eigenen Schatten springen. Die Freunde werden ja immer weniger. Und man selbst immer komischer.«

Und dann nestelte die feine alte Dame an ihrer silbernen Halskette und setzte den silbernen Hampelmann wie beiläufig in Bewegung, während Frau Dresenkamp mit geröteten Augen zurückkam.

»Ach, was heißt schon komisch!«, sagte ich.

Wir lästerten noch etwas über die Wunderlichkeiten und Sonderbarkeiten ihrer alten, inzwischen größtenteils verwitweten Freundinnen. Vom Lachen hatte sie Tränen in den Augen. Zum Abschied gab mir die feine alte Dame einen Kuss auf die linke und die rechte Wange:

»Ach, alt werden ist schwer, hat der Vater immer gesagt.«

II

Ich hatte angenommen, dass die Reise die feine alte Dame erschöpft und ausgezehrt hätte, wo sie doch so oft erschöpft und ausgezehrt, ja, eben immerzu müde war, zu Hause, in ihrem Altersheim, von dem sie gerne erzählte, es wäre nun die Endstation, das Altersheim, das Ende ihrer Reise, das Ende im Irgendwo – zumindest nicht zu Hause, aber von Müdigkeit konnte jetzt keine Rede sein, ja, nicht einmal von Mattigkeit konnte man sprechen, als sie mit Frau Dresenkamp, die ihrerseits dunkle Ringe unter den Augen hatte, im Frühstücksraum erschien, wo sie von Frau Dresenkamp, freudig erregt und lächelnd, auf den Frühstückstisch zugerollt wurde und, dort angekommen, meine Hand ergriff und sich erkundigte, wie ich die Nacht verbracht habe, und dann, ohne eine Gegenfrage meinerseits abzuwarten, fortfuhr und mir über den Mund fuhr und sagte, wie wunderbar sie geschlafen habe, diese herrliche Meerluft!, wie gut ihr das tun würde, und, ja, vielleicht sogar ihrem Knie (dabei zwinkerte sie mir zu), und dann wies sie Frau Dresenkamp an, sie möge sie doch nun bitte zum Buffet bringen, und ich solle ihr doch bitte, so der Kellner komme, einen Cappuccino bestellen, wobei sie hinzufügte, dass dieser (der Cappuccino) ehedem jeden Morgen um 7.30 Uhr, pünktlich, immer zur selben Zeit, schon an dem reservierten Frühstückstisch für sie bereitgestanden hatte. »Man kennt mich hier«, sagte sie und zwinkerte wieder vertraulich. Ich versprach, diese kleine Annehmlichkeit, diese ihr wohltuende Selbstverständlichkeit für sie zu arrangieren, um auch hier das für die feine alte Dame ehedem Gewohnte wiederherzustellen, wozu sie mir einige Scheine in die Hand drückte, Geld, das ich naturgemäß nicht zählte, das aber sicherlich seine Wirkung, den gewünschten Effekt hervorrufen würde. Und dann drückte sie mir noch mehr Geld in die Hand, mit der Bitte, dieses doch später an der Rezeption in Kuna zu wechseln, damit man für weitere Eventualitäten auch etwas Handgeld zur Verfügung habe.

Zurück am Frühstückstisch aß die feine alte Dame mit für ihre Verhältnisse großem Appetit (Ciabatta, Butter, Schinken, Ei, Palatschinken mit Puderzucker und Marillenkompott – während Frau Dresenkamp sich mit einem Pfefferminztee, etwas Gurke, Tomate und Schafskäse zufrieden gab) und erzählte dabei mit vollem Mund vom Wetter und vom Land und von Dubrovnik überhaupt und wie sie hier das erste Mal hergekommen war. Sie variierte die Geschichte, schmückte sie ein wenig aus, unterließ dafür andere Details und gab alles in allem eine schwungvolle und heitere Erzählung des Gewesenen.

»Maria! Da bist du ja!«, rief sie plötzlich, ihre Geschichte unterbrechend. »Die treue Maria. Ach!«, sagte sie etwas leiser und fast stolz, und Maria begrüßte uns herzlich, schob einen Stuhl nahe an den Tisch und setzte sich zu uns, mehr als aufrecht:

»Passen Sie auf!«, sagte sie, »Er kann zwar heute nicht kommen, aber morgen. Versprochen.«

»Der Mann für das Knie?«, fragte die Großmutter.

»Ja«, nickte Maria und lachte.

Die feine alte Dame riss triumphierend die Arme hoch.

»Ha! Wollen doch mal sehen, was du und deine Schulmedizin dazu sagt!«

Ich hatte keine Ahnung. Nicht mal, um was es ging.

»Er ist ein Spezialist. Seine Familie praktiziert hier seit drei Jahrhunderten. Immer im selben Dorf. Normalerweise macht er keine Hausbesuche. Die Leute kommen zu ihm. Das übernimmt keine Krankenkasse. Aber für Sie macht er eine Ausnahme. Und einen Freundschaftspreis.«

Eine ambulante Knieoperation?

»Der Preis spielt keine Rolle. Gott sei Dank, der Vater hat ja vorgesorgt!«, lachte mir die Großmutter ins Gesicht.

Niemand sägt irgendjemandem in einem Hotelbett ein Knie raus und ersetzt es durch ein künstliches. Nicht einmal ein Scharlatan ... Ich sagte nichts.

»Wo ist denn dein Mann, Maria?«

»Er hat heute überraschend einen Termin in der deutschen Botschaft bekommen. Wegen seines Import-Export-Geschäfts. Er muss nach Zagreb. Imre fährt ihn hin. Eine Ochsentour. Sie wechseln sich beim Fahren ab.«

»Auf den Mercedes ist sicher Verlass!«

Frau Dresenkamp hustete, sie hatte sich an einer Olive verschluckt.

»Und deine Töchter, Maria? Alexander, du musst Marias Töchter näher kennenlernen. Ich hab ihnen so viel von dir erzählt. Sie sind entzückend!«

Und Maria sagte, dass Franceska, ihre jüngere Tochter, heute ohnehin zu ihr ins Hotel komme, und dass wir uns doch dann einfach mal treffen sollten. Franceska würde sich ja so für Deutschland interessieren. Sie liebe die deutsche Sprache, die deutsche Kultur, und spreche Deutsch nahezu perfekt, auf jeden Fall besser als sie selbst, so Maria. Und die feine alte Dame sagte, das wäre doch schön, ich solle doch die junge Dame dann etwas ausführen, vielleicht auf ein Eis oder einen Kuchen oder worauf sie eben Lust hätte, einladen, das kleine sprachbegabte Wunderkind, denn ein Wunderkind sei sie auf jeden Fall, so, wie sie jetzt schon Deutsch beherrsche, fast wie ihre Muttersprache. Das sei aber auch kein Wunder, bei der Mutter, und dann fragte die Großmutter, was mit Anne sei, und Maria sagte, dass Anne eben heute und morgen für die kroatische Jugendtennisauswahl auflaufe. Gegen England übrigens, und dass ich gerne am Tag darauf, wenn sie also wieder da sei, dass ich doch dann gerne einmal gegen sie Tennis spielen könne, ja solle, nein, müsse, auf dem Hoteltennisplatz. Die feine alte Dame hätte ihr doch immer erzählt, dass das Tennisspielen ihrer Familie im Blut liege und ja auch ich früher so gut und erfolgreich Tennis gespielt habe. Ich wusste nicht, wie ihr was sagen und sagte daher:

»Ja, gerne!«

Und verschwieg, dass es unser Heimattennisverein nur bis zur Kreisklasse gebracht hatte, und ich bei den auf diesem Niveau stattfindenden Turnieren ohnehin nur im Doppel eingesetzt worden war, und auch das nur, weil mein Großvater den Tennisclub mitgegründet und finanziert hatte und man das mit dem Doppel für mich und mit mir daher wohl für eine *gute Idee* gehalten hatte.

»Ich hab schon länger nicht mehr gespielt. Aber das würde mir sicher Spaß machen!« Ich nahm einen Apfel aus dem Früchtekorb und biss herzhaft hinein, denn: Was heißt schon »Auswahl der kroatischen Jugendnationalmannschaft«?

Während ich mir vorstellte, wie die Massen um das Tennisgrün zunächst den Atem anhielten und nach meinem fulminanten sowie finalen und damit Sieg bringenden Ass erlöst mit einem Schrei aus tausend Kehlen ausatmeten, kam der Ivo.

»Hallo.«

»Guten Tag.« Und »Guten Tag.«

Und die feine alte Dame:

»Hallo!« Plötzlich saß auch sie aufrecht, kerzengrade, mit einem strahlenden Lächeln und einer Träne im Auge, die sie sich mit der Stoffserviette wegwischte, als habe sie eben herzlich gelacht.

Die Großmutter, der Ivo und ich gingen spazieren. Die Großmutter war etwas aufgekratzt, kicherte und erzählte unentwegt irgendwelche Geschichten, von denen der Ivo nichts verstand, von denen er nur ab und an einige Satzfetzen aufschnappte, die er dann kommentierte, um so den unentwegten Fluss der

Worte, diesen fröhlichen Wortstrom am Laufen, am Fließen, am Rauschen und am Leben zu halten, eben das am Leben zu halten, was die alte Dame ihrerseits am Leben zu halten schien, damit ihre Worte nicht versiegten, denn »Man hat sich ja so viel zu erzählen!«, bevor man sich vertraut, wieder vertraut, sich vertraut wie ehedem (und eben hierfür, wenn man sich lange nicht gesehen hat, muss die Lücke geschlossen und der Graben, den die Zeit zwischen einen gerissen hat, zugeschüttet werden, muss Spracharbeit verrichtet werden), und vielleicht wusste der treue Ivo darum, vielleicht wusste er es auch nicht, vielleicht war er auch einfach nur höflich, weil er nicht verstand, was da alles auf ihn einströmte, nicht wusste, weil er natürlich nichts wusste (und wissen konnte) über oder von den ganzen Personen, die Großmutters Geschichten und Erzählungen bevölkerten (teils lebendig, teils tot, aber für ihn, den Ivo, allesamt Geister, flüchtige Geister, Schatten, die vorbeihuschten, bestenfalls), und was blieb dem treuen Ivo da anderes übrig, als freundlich zu lächeln, gerade und besonders dann, wenn die feine alte Dame, sobald sie einen für sie wichtigen Punkt in ihrer Erzählung erreicht hatte, an einem Punkt besonders verstanden sein oder ihm Nachdruck verleihen wollte, sich zum Ivo umzudrehen versuchte (was ihr nicht gelingen konnte, im Rollstuhl sitzend) und der Ivo, der den Rollstuhl schob, die Fahrt verlangsamte und sich charmant zur Großmutter vorbeugte, wobei sein Gesicht in die Nähe des Gesichts der feinen alten Dame kam – und wie gerne roch sie den Duft des Ivo, sein Aftershave, Moschus.

Ich machte ein Foto von den beiden: lächelnd. Ivos Hand auf der rechten Schulter der feinen alten Dame, ihre Hand auf der seinen, drum herum halbverdorrte Büsche, frisch gemähter Rasen und das weite Blau des Himmels, irgendwo sicher die eine oder andere Möwe (später auf dem Foto nicht zu sehen), und der Himmel so blau, dass er beinahe weiß wurde, weiß vor Neid in Anbetracht des Glücks unter sich. Ein sommerliches Schauspiel auf den staubigen Wegen durch die Hotelanlage, die Grillen zirpten, ich verabschiedete mich höflich, schließlich hätte ich noch für mein Studium zu lernen, und außerdem hätten sich die beiden, nach all der Zeit – und jetzt, da sie Zeit hätten – doch sicher viel zu erzählen ...

Ich erkundete die Hotelaußenanlage (Palmen, Büsche, Rasensprenger, Tennisplatz (roter Sand), Minigolf und Fahrradverleih) und setzte mich schließlich an den hellen Kiesstrand, blickte aufs Meer hinaus und ließ Kieselsteine durch meine Hände rieseln und summte einen Song von John Paul Young vor mich hin:
Love is in the air in the whisper of the trees
Love is in the air in the thunder of the sea
And I don't know if I'm just dreaming
Don't know if I feel sane
Und musste lachen – zwar habe ich von Popmusik, oder gar von der Popmusikgeschichte, nicht viel Ahnung, erzählte aber auf Studentenpartys (vorzugsweise in der WG-Küche, wo immer die wichtigen Dinge und Personen und somit die eigentliche Party stattfindet) gerne diesen Treppenwitz der Musikgeschichte: John Paul Young schaffte mit diesem Lied 1977 einen Welthit. Geschrieben und produziert wurde er von Harry Vanda und George Young. George Young wiederum ist der Bruder von John Paul – und George hatte früher selbst eine Band, die »Easybeats«, und die hatten selbst einen Charterfolg mit »Friday on My Mind«, den später dann zum Beispiel auch Garry Moore gecovert hat. Aber George produzierte noch eine andere Band, und zwar eine Band, in der ein gewisser Angus und ein Malcolm Young mitspielen, und, na, wie heißt die Band? Ich zähle bis drei: eins, zwei ... AC/DC. Genau! Aber damit nicht genug: George selbst hatte, nachdem sich die »Easy-

beats« aufgelöst hatten (Alkohol, Drogen usw.), dann noch ein Bandprojekt mit dem Namen »Flash and the Pan«, mit dem er auch wieder mehrere Hits hatte: »Waiting for a Train« und vor allem »Walking in the Rain«, was dann von Grace Jones gecovert wurde. (Spätestens jetzt hielten mich alle auf der Party für einen Volltrottel oder einen Musikprofi – was vielleicht dasselbe ist, letzteres bei den Mädchen aber besser bis gut ankommt, wie ich herausgefunden zu haben glaubte (aber vielleicht lag das auch nur am Mitleid ob meines Inselwissens)). Einmal ist es mir sogar passiert, dass dieser popmusikalische Pistenwitz dann tatsächlich auf einer Party wie ein Bumerang zu mir zurückkam. Ein durchaus hübsches Mädchen sagte: »Kennste *Love is in the Air*?«, »Glaub' schon.«, »Aber was du sicher nicht weißt, ist: …«, »Nein!«, »Doch! Is' so!«, »Darf ich dich küssen?«, »Ja, klar.«

Ich ging auf mein Zimmer, schlug die Studienunterlagen auf und zeichnete das AC/DC-Logo, kleine Herzchen und Kreise aufs Papier.

Das Klopfen von Frau Dresenkamp an meiner Hotelzimmertüre unterbrach meine konzentrierten Kritzeleien. Ich sei auf die Hotelterrasse bestellt, wo ich dann bei Kaffee und Kuchen herzlich von der Großmutter und freundlich von Ivo empfangen wurde, während Frau Dresenkamp (nachdem sie der alten Dame, die etwas nervös an ihrem silbernen Hampelmann spielte und zupfte, möglichst unauffällig, aber unübersehbar ein sorgfältig verpacktes Päckchen zugesteckt hatte) in angespannter Muße am Geländer der Terrasse zum Meer hin sich jederzeit für eine weitere Hilfestellung im Hintergrund bereithielt oder (denn sie hatte den Kopf in ihren Nacken geschoben) schlicht versuchte, die Geräusche der Tischgespräche zu ignorieren, welche die unter ihr, unter der Terrasse an den Strand klatschenden, monoton heranrollenden Wellen schrill übertönten. Nach der Überreichung des säuberlich verpackten Päckchens durch die feine alte Dame an Ivo, der, als er meiner ansichtig geworden war, das Päckchen einem Zaubertrick gleich verschwinden ließ, es in die Jacketttasche, die über seiner Stuhllehne hing, gleiten ließ, es also nicht auspackte, entweder weil er mich sah oder weil es die Höflichkeit gebot, denn ein kleines Küsschen drückte er der Großmutter auf die Wange, und diese errötete dabei, vielleicht, weil sie sich ertappt fühlte, ertappt im Versuch, Ivos Küsschen für das Päckchen zu erwidern, wobei ihre Kusserwiderung nicht seine Wange, sondern nur die Luft traf, ihre Küsschen an Ivos rechtem Ohr vorbeiflogen und sich im Nichts des blauen Himmels verloren – erst danach wurde ich von den beiden herzlich bei Kaffee und Kuchen willkommen geheißen und gefragt, ob ich in der Zwischenzeit gut habe lernen können. Ich solle mich doch bitte dazusetzen, es gebe so viel zu besprechen. Schließlich müsse der morgige Tag geplant werden. Denn wir seien ja nur meinetwegen hier – da müsse mir schon etwas geboten werden. Ob ich selbst Wünsche habe? Daraufhin begannen Ivo und die feine alte Dame freudig durcheinanderredend Pläne zu entwickeln, wie der morgige Tage zu gestalten sei, welche kleinen Abenteuer (das Wort fiel natürlich nicht, nicht einmal im Singular, aber das schien mir die Bedeutung ihrer Worte zu sein) wir (oder vielmehr ich) denn erleben und bestehen wollten. Am morgigen Tag. Ich hörte mir die Vorschläge für den morgigen Tag an, nickte zustimmend und fügte hinzu, dass ich es mir nicht besser hätte vorstellen können, womit die Zusammenkunft für beendet erklärt wurde, Ivo sich höflichst und vertraut lachend verabschiedete (selbstverständlich nicht, ohne noch zu erwähnen, wie leid es ihm tue, heute leider nicht länger ... Die Geschäfte, Termine, die nicht abgesagt werden könnten ... usw. (auch er erwähnte, wie beiläufig, etwas von einem Import-Export-Geschäft)): ein Küsschen für die feine alte Dame, ein Händeschütteln für mich (wobei mir seine Armbanduhr auffiel: Eine schwarze Swatch-Uhr, Kunststoffarmband, das Gehäuse zum Innenarm gedreht, sportlich, aber wie im Widerspruch zu seiner Gesamterscheinung, zum penibel erfüllten Dresscode eines gebräunten Lebemanns, ein Segler vielleicht, vielleicht ein Kapitän, ein Gentleman aber sicherlich) und ein Nicken zu Frau Dresenkamp, dann ging der Ivo, und die Großmutter sah ihm hinterher, bis er hinter der Hoteltüre verschwunden war, und dann seufzte sie, denn der Abschied würde ja nur kurz sein, und so tat es ihrem Glück nun eben gerade keinen Abbruch, sondern hielt die Spannung aufrecht, so schien es mir, weswegen sie zufrieden, aber nun auch etwas erschöpft seufzte und Frau Dresenkamp bat, sie doch auf ihr Zimmer zu bringen und auch das Mittagessen auf ihr Zimmer bringen zu lassen. Sie wolle sich etwas erholen. Später komme ja, wie ich wisse, Maria, wegen dieser Kniegeschichte (von der sie immer nur als »die Kniegeschichte« sprach, als wäre es nicht Teil von ihr und durchaus lästig, wie ein Verwandter, der immer ungefragt zum Sonntagsbraten erscheint) und wegen zwei, drei anderer Dinge, und vorher wolle sie sich eben verständlicherweise etwas erholen.

Zum zweiten Kaffee traf ich mich dann wie verabredet mit Franceska. Wieder auf der Hotelterrasse, die etwas aufs Meer hinausragte und unter sich die Wellen rhythmisch und unbeteiligt an den Klippen zerplatzen ließ. Franceska war das feiste Ebenbild ihrer Mutter, nur eben noch etwas kleiner. Ich schätzte sie auf zwölf oder dreizehn. Sie sagte, sie sei eben vierzehn geworden – und man konnte es sehen: Die Pubertät drückte sich durch, war offensichtlich ein durchschlagender Erfolg: Mit unreiner Haut, vielleicht auch durch das stark deckende Make-up hervorgerufen, stand sie in voller Kraft und Erwartung, das Leben vor sich, die erste Liebe greifbar vor Augen, aber sicher las sie keine Pony-Heftchen mehr, ihr Blick war bestimmt, ein junges Mädchen, das wusste, was sie wollte – und solche Mädchen hatten mir früher immer Angst gemacht. Kein Wunder, dass sich gleichaltrige Mädchen in dieser Phase in ältere Jungs verlieben. In ihrem Fall war es wohl sicherlich kein Tennistrainer – den könnte sie nur anhimmeln, wo sie doch aussah wie der fleischgewordene Bücherwurm. Und wie sieht der aus? Unreine Haut, dicke Brille, rundes (oder ganz hageres) Gesicht, etwas pummelig, aber kein Babyspeck, nichts, das sich noch verliert, sondern erst kürzlich erworben worden ist, eine eigene – beinahe vergeistigte – willentliche Leistung oder zumindest der Ausfluss dessen: eben ein Bücherwurm. Vielleicht verwächst sich das ja doch noch. (Es ist erbärmlich, dass man, wenn man auf seine eigene Angst zu sprechen kommt, doch immer noch genug Ausflüchte und Argumente bereithält, um sich aus der Angelegenheit fein rauszureden: Ja, früher hatte ich Angst vor solchen Mädchen – aber nicht, weil sie aussahen wie ein Bücherwurm, sondern weil sie selbstbewusst waren, weil sie wussten, was sie wollten, weil sie eine Idee zu haben schienen, wie die Dinge sein sollten, wie die Welt für sie funktioniert und funktionieren sollte – und eben das machte mir Angst. Der Masterplan. Ihr Masterplan. Weil ich eben keinen Plan von irgendwas hatte. Aber bitte: Sie waren alle bebrillt, dick und hässlich. Physisch oder psychisch. Vielleicht freute ich mich ja tatsächlich auf das Tennismatch mit ihrer großen Schwester, wer weiß ... Ach, man ist mitunter ungerecht, weil man selbst ein Würstchen ist ...)

Franceska bestellte sich ein gemischtes Eis mit einer Extraportion Sahne und bunten Streuseln. Ich fragte nach der Schule und sie erzählte von der Schule: dass sie bereits zwei Klassen übersprungen habe, dass sie auf eine Hochbegabtenschule gehe, aber erst seit diesem Jahr. Das sie auch dort in einer besonderen Fördergruppe zwei Mal die Woche Sprachunterricht bekommen würde. Dass sie sich vornehmlich für Deutsch interessiere, was sie, wie ich ihr bestätigte, fließend sprach. Sie sagte, dass das auch ihr Ehrgeiz sei: eine Fremdsprache wie die Muttersprache zu beherrschen. Im Moment habe es ihr insbesondere die klassische deutsche Literatur angetan. Die Sprache Schillers sei ganz wunderbar, Lessing etwas hölzern und damit langweilig (wobei man natürlich seine zeitspezifische Leistung und Wirkung nicht unterschlagen dürfe) und Goethe beginne sie gerade zu entdecken. Faust II sei ihr etwas zu mutwillig komponiert, überall scheine die Absicht deutlich hervor, negiere das Sinnliche, alles nur Modelle, überhaupt, das ganze Modellhafte des Faust II … sie habe jetzt aber eben »Die Leiden des jungen Werther« gelesen, und der habe sie dann doch wieder tief berührt, das müsse sie schon zugeben. Aber auch, was die Lotte doch für eine dumme Pute sei, sich mit dem herzzerreißenden Werther, dem jungen gefühlvollen Intellektuellen, nicht auf ewig zu binden! Was für eine vertane Lebenschance! Das würde ihr, Franceska, sicherlich nicht passieren. Und dabei schaute sie mich fest und entschlossen an. Ich hatte vom Werther nun wirklich keine Ahnung. Wir hatten den zwar in der Schule gelesen – und ich sogar zwei Mal, da ich eben diese Klasse hatte wiederholen müssen –, aber die Erinnerung daran war noch schwächer als an das fade Gesäusel der Lehrerin über den jungen Mozart damals im Musikunterricht. Ich sagte: »Vielleicht ist der Werther auch selbst schuld. Der verfolgt die arme Lotte doch ständig. Dauernd taucht er bei ihr zu Hause auf, und das, obwohl sie dem Albert versprochen ist. Der Werther, der erinnert mich an einen Stalker. Letztlich treibt er doch durch seine Penetranz Lotte erst in Alberts Arme. Die heiraten dann und er bringt sich um. Na, ich weiß nicht.«

Franceska verzog ihr Gesicht. Sie sah ihrer Mutter tatsächlich sehr ähnlich. Wie es mir mit meinem Studium gehe und wo ich überhaupt studiere, fragte sie mich. Ich antwortete, dass ich an der Universität in Greifswald studiere und erzählte ihr von Greifswald und der Universität und dass es an dieser, so klein sie auch sei, doch eine sehr renommierte Fakultät für Zahnmedizin und Kieferchirurgie gebe.

»Aber du studierst Medizin, nicht Zahnmedizin, oder?«

»Ja. Genau.«

Und wie der Osten so sei? Der Osten sei, wie der Osten eben sei. Man müsse das mögen. Aber man müsse eben auch Köln, Berlin oder Hamburg mögen. Und ich möge eben Greifswald. Sie sagte, dass sie, wenn sie erwachsen sei, Greifswald auch unbedingt besuchen wolle, schließlich sei ja dort auch Wolfgang Koeppen geboren. Und dass sie unbedingt in Deutschland studieren wolle.

Ich fragte Franceska, ob sie Erinnerungen an den Krieg habe. Sie sagte ja, und dass sie Glück gehabt hatten und dass sie prinzipiell gegen Krieg sei. Ich sagte, dass auch ich prinzipiell gegen den Krieg sei und zudem keinen Spinat möge. Sie lachte: »Ja, Spinat ist wirklich das Letzte!« und fügte hinzu, dass es wunderbar sein müsse, so eine feine Dame als Großmutter zu haben wie ich. Sie sei ein so wundervoller Mensch und zudem so großzügig. Ich sagte: »Ja, sie ist wirklich fein. Ich bin froh, dass sie sich die Reise doch noch einmal zugetraut hat. Die Menschen und die Abwechslung tun ihr sicherlich gut. Und gegen das Knie, tja, da hilft eben nur eine Operation.«

»Ach«, sagte Franceska, »manchmal braucht es nur etwas Vertrauen«.

Dann musste Franceska gehen.

Punkt achtzehn Uhr klopfte Frau Dresenkamp an meine Zimmertür und sagte, dass die Großmutter eine kleine Überraschung für mich habe. Als ich in die Suite trat, fand ich die feine alte Dame angeregt in ein Gespräch mit Maria vertieft. Sie saßen einander auf der Dachterrasse gegenüber, zwischen sich einen festlich in Weiß geschmückten und gedeckten Esstisch, die Stühle mit weißen Hussen überzogen. Als mich die Großmutter entdeckte, rief sie mir ein freudiges »Hallo!« zu, und Maria stand auf und begann sich zu verabschieden.

»Tja, das wäre die Geschichte vom Import-Export-Geschäft. Wie schön, dass Sie da sind! Morgen werden wir uns um Ihr Knie kümmern.«

»Alexander, wie war es mit der kleinen Franceska?«

»Wunderbar. Eine aufgeweckte junge Dame!«

»Du kannst wirklich froh sein, eine solch großzügige Großmutter zu haben!«, sagte Maria und ging auf die kichernde feine alte Dame zu.

Küsschen links, Küsschen rechts.

Maria zwinkerte mir zu, sagte: »Guten Appetit!« und wurde dann von Frau Dresenkamp hinausbegleitet.

»Ich dachte, wir sollten uns die Gelegenheit nicht nehmen lassen, wir sollten das gute Wetter nutzen, also habe ich mir gedacht, warum essen wir nicht auf der Dachterrasse zu Abend.«

»Es ist nur für zwei Personen eingedeckt.«

»Frau Dresenkamp ist nicht wohl. Frau Dresenkamp!« Frau Dresenkamp kam. »Sie können jetzt gehen. Ich lasse Sie rufen, wenn ich Sie brauche. Sagen Sie doch bitte in der Küche Bescheid, wir wären jetzt so weit.« Frau Dresenkamp bedankte sich und ging.

»Gutes Personal ist schwer zu finden«, sagte die feine alte Dame, wie dankbar sie sei, dass Frau Dresenkamp sich so gewissenhaft um sie kümmere.

»Sie ist wirklich ein Geschenk!«

Sie tue ihr und ihrer Familie deswegen auch ab und an einen kleinen finanziellen Gefallen – das verstehe sich ja von selbst. Die Dresenkamps kämen ja aus Russland, wie ich vielleicht wisse, seien Russlanddeutsche. Und die haben es schwer. Gerade der Mann von Frau Dresenkamp. Finde einfach keine Arbeit. Und auch sie, die Frau, sei eigentlich überqualifiziert, also zumindest nicht für die Pflegetätigkeit geschaffen – und ausgebildet schon gar nicht. Aber das ist dann einfach so. Man nimmt, was man kriegen kann. Und sie sei zufrieden.

»Lehrjahre sind eben keine Herrenjahre«, sagte sie, habe der Vater schon immer gesagt.

Sie erzählte, dass sie das ja alles selbst von der Pike auf gelernt habe, das Dienstwesen, das Dasein als Dienstmädchen – und wie viele habe sie nicht selbst ausgebildet! – aber das Dienstwesen habe sie eben auch selbst erst lernen müssen, und das sei für sie keine Qual gewesen, das sei ihr leicht von der Hand gegangen, denn, so die feine alte Dame, es komme letztlich nur darauf an, sich darauf einzustellen, auf die Aufgabe einzulassen, offen zu sein für die Aufgabe, die Aufgabe als Herausforderung zu bereifen (es fehlte nicht viel, und sie hätte die Aufgabe mit einem Spiel verglichen, und vielleicht hätte sie sogar recht damit gehabt, die Ausbildung als Spiel, immerhin als Übungsfeld, Fehler sind erlaubt, und so wächst du weiter, lernst dazu – und das waren dann eben doch ihre Worte). Sie habe sich immer darauf eingelassen, und das Einlassen sei ihr leicht gefallen (auch, wenn es sie manchmal, das müsse sie schon zugeben, eben doch Kraft gekostet habe, aber letztlich, unterm Strich, sei es ihr leicht gefallen), und zunächst habe man sie belächelt. Wieso? »Na, nach dem Abschluss der höheren Handelsschule, da sollte es eigentlich ans Heiraten gehen.« Pause. »Das war damals so.« Aber sie wollte nicht; sie hatte eben noch nicht den Richtigen gefunden gehabt, damals. Und so wurde ihr, während die Freundinnen und Bekannten eine nach der anderen unter die Haube kamen, da wurde ihr fad, wusste sie nichts mit sich anzufangen, wusste nur, so sagte sie, dass sie etwas tun musste; und so beschloss sie (und erzählte von diesem Entschluss so, wie man von einem Entschluss erzählt, den man selbst trifft, unabhängig trifft, ohne Rücksprache oder zumindest unabhängig von Rücksprachen – und mithin ohne notwendige Erlaubnis der Eltern, die ich als erforderlich angenommen hätte –, sie erzählte es so, dass ihre Eltern, meine Urgroßeltern (deren Namen ich übrigens nicht kannte, denn hier sprach sie nur vom »Vater« und der »Mutter«, und vom »Vater« letztlich wie von ihrem Mann, dem »Vater«), eben ihr Einverständnis gegeben haben *mussten* und dann offensichtlich auch gegeben hatten (während ich darüber nachdachte, wie wenig ich über meine, über unsere Familie wusste, dass ich nichts wusste über die dritte vorangegangene Generation hinaus, genauso wenig, wie ich etwas über das, was nach mir kommen wird, weiß, und auch: Wie albern der Gedanke überhaupt war, etwas Zukünftiges wissen zu wollen, aber dennoch, über das Vergangene nichts zu wissen, war irgendwie ... beschämend? Das, was man als eine Familie, seine Familie, begreift, ist nur ein kurzer Abriss der Geschichte, und was das Wissen, mein Wissen, darüber betraf, so dümpelte dies im Nichts vor sich hin, ein vor sich hindümpelndes Wissen in der dümpelnden Unwissenheit, einer Insel gleich (Ja, auch wenn das Bild schief ist, weil eine Insel nicht dümpelt, sondern mit dem Grund verwachsen ist – aber isoliert ist sie allemal), so etwas dachte ich, ja, was will man machen). Auch wenn es hier stillschweigend übergangen wurde, aber ich weiß nicht mehr, was meine Großmutter beschlossen oder wie es sich mit dem Einverständnis ihrer Eltern verhalten hatte. Mir blieb diese Lücke in der Erzählung, ich hing meinen Gedanken über das Wissen und Nichtwissen nach, denn: Was weiß man schon?).

Inzwischen war das Essen aufgetragen worden. Zwei Kellner hatten die Suppe (Kürbiscremesuppe mit Garnelen und einem Spritzer Balsamico) serviert, sie schmeckte vorzüglich. Wir tranken mazedonischen Rotwein (tatsächlich trocken), und die Sonne begann im Meer zu versinken.

»Als ich heiratete, da waren alle froh. Die dachten, jetzt hat die alte Jungfer doch noch einen gefunden!«, lachte sie.

Sie war damals fünfundzwanzig Jahre alt. Als sie heiratete. Ihren Mann, den »Vater«, kannte sie ganze drei Monate, es schien nach außen so, als sei Eile geboten gewesen, wie man so sagt, bei der Heirat – aber ein Kind war nicht in Sicht, nicht unterwegs, blieb lange Jahre nur ein Wunsch, und der Wunsch wurde zur Verzweiflung, bis man ihn schließlich aufgegeben hatte. Doch gerade, als man ihn aufgegeben, abgelegt hatte, da kamen die Kinder, zuerst der Bub (wie sie sagte) und vier Jahre später ein Mädchen.

Die Kellner servierten den Hauptgang, einen Grillteller: Cevapcici, Rind-, Schweine- und Lammfleisch, dazu eine Ofenkartoffel mit Sauerrahm und Ajvar. (»Sehr gut, das Schwein«, sagte die feine alte Dame; ich mochte das Lammkotelett.) Ich nahm die Weinflasche aus dem Kühler (gekühlter Rotwein, warum auch immer, aber immerhin trocken, wie gesagt) und schenkte uns nach.

Die Dämmerung hatte eingesetzt. Das Zirpen der Grillen verstummte nach und nach.

Ich meinte mich zu erinnern, dass sie mir vor Jahren einmal, und detaillierter, die Geschichte des damals selbstverständlichen »So. Und jetzt wird geheiratet!« erzählt hatte (noch vor ihrem Oberschenkelhalsbruch, der ihr das Leben in ihrem Haus unmöglich gemacht und sie aufs betreute Wohnen reduziert hatte; wir saßen uns in den roten Ohrenfauteuils gegenüber, zwischen uns ein niedriger Tisch, unter der Glastischplatte eine Flechtarbeit und vor dem großen Panoramafenster, durch das man, wenn man hinausblickte, die Stadt, an deren Rand die Schweinemast gelegen hatte (inzwischen abgerissen, neu bebaut, eine Reihenhaussiedlung (und kein Stadtrand, sondern ein Teil der Stadt, der Stadtrand hatte sich inzwischen verschoben, war darüber hinaus und hinweg gewachsen), ein Traum von Leben: Doppelhaushälften, ununterscheidbar, gleichförmig wie ihre davor und dahinter gelegenen Gärten, eine Menschenmast), die ganze Stadt überblicken konnte, als wäre man ihr enthoben (am selben Ort übrigens (in den roten Plüschfauteuils, an dem Tisch mit der Glasplatte und der Flechtarbeit zwischen uns, einer Grenze aus ehemals gutem Geschmack), an dem mir die feine alte Dame einmal erzählt hatte, an dem sie mir gesagt hatte, dass sie froh sei, dass ich jetzt nicht mehr mit Nicole zusammen sei, denn die Nicole hätte nie zu mir gepasst, sie käme ja ganz woanders her (wobei sie sich auf die Zunge biss, um nicht zu sagen: »Das ist kein Umgang für dich«, sich auf die Zunge biss, weil sie die Albernheit ihrer Worte erkannte oder erahnte, vielleicht auch nur, weil sie meinen Schmerz erkannte oder erahnte und den mir ins Gesicht geschriebenen Verlust nicht übersehen und leugnen konnte (aus Liebe zu mir nicht leugnen wollte und sich also auf die Zuge biss), demnach das eigentlich zu Sagende nicht sagen konnte, das, was sie eigentlich mir, dem Enkel und Erstgeborenen, der ihr im roten Fauteuil gegenübersaß, im zweiten Haus des Vaters (ein Haus war bereits gebaut und abgeschrieben worden, für das zweite Haus konnte man steuerliche Vorteile geltend machen), von dem man, im Wohnzimmer, in den roten Plüschfauteuils, die Stadt überblicken konnte, sagen wollte und eben nicht sagte, nur sagte, dass sie froh sei, dass wir nicht mehr zusammen seien, was für mich den Verlust einer Welt bedeutet hatte, denn damals wusste ich noch nicht, dass ich die Welt nicht besitze (nicht einmal, auch nicht von hier aus, ehedem, überschauen konnte, ja, nicht einmal einen Standpunkt gewinnen konnte, denn man konnte nicht alles sehen, nur eben die Stadt und den Teil, wo einst die Schweinemast gestanden hatte, aber das war noch lange keine Welt – und wenn, dann bestenfalls eine kleine und vergangene Welt), dass sie nicht einmal ein Teil von mir ist, die Welt (was auch immer das sein mag), und dass ich, bestenfalls, dabei sein darf, nicht einmal eingeladen bin als Teilnehmer, sondern eben nur dabei sein darf, zufällig und geduldet, wie die anderen auch, wie alle von und vor uns, Gäste auf einer Party, zu der man nicht geladen ist, aber (und das machte den Unterschied) dass ich eben dennoch und trotzdem (so zumindest dem Wissen und der Prägung meiner Großmutter nach) unterscheiden konnte und unterscheiden können musste (oder es zumindest lernen musste – ich war eben noch zu jung, worüber ihre vielleicht liebevolle Nachsicht in diesem Moment waltete, doch hinter ihrer milden Nachsicht stand der strenge Erziehungshinweis einer vergangenen Zeit, der jetzt aus ihrer Sicht nur noch in ihr selbst präsent war und durch sie repräsentiert wurde): mit welchen ungeladenen Gästen man sich unterhalten konnte, musste und sollte, also mithin: was sich gebührt. In der Gesellschaft. Denn wenn wir alle ungeladene Gäste sind: Wem fällt schon auf, wenn sich einer als Gastgeber aufspielt? Man kennt sich eh nicht. Und sie, meine Exfreundin, gehörte eben zu den Personen, mit denen man es aus ihrer Sicht, der großmütterlichen Sicht, tunlichst (nicht standesgemäß, sondern kontaminiert mit – ich weiß es nicht – dem Proletariat?) vermeiden sollte, ins Gespräch zu kommen (»Passen Sie auf die Milch auf, wenn sie überkocht, dann ist der Topf nur schwer wieder zu reinigen!« – Vielleicht war das der Grund gewesen, warum ich mich in sie verliebt hatte, warum ich sie betrogen hatte, warum sie sich von mir trennte und ich sie dann zurück haben wollte (Warum »Haben«? Es ging mir nicht um den Besitz, nicht darum, sie zu besitzen; ich wollte Teil von ihr sein, also letztlich ging es ums Wollen – und die Tragik, das Gewollte nicht zu bekommen, folglich: um das Ende der Kindheit, im bürgerlichen Sinne). Weil sie anders war. Und dann studierte sie Molekularbiologie. In Marburg. Oder in Karlsruhe. Ich wusste und weiß es nicht. Wir hatten den Kontakt abgebrochen. Aber sie hatte rote Haare und eine Katze gehabt. Und wenn sie beim Sex schwitzte, dann roch sie nach Metall, zumindest hatte ich ihren Geruch immer mit Metall in Verbindung gebracht, und war gleichzeitig darüber erschrocken, denn: Wie riecht Metall?

Wir hatten uns auf der Rücksitzbank des VW Passat eines Freundes kennengelernt, mit siebzehn). Aber schließlich kennen wir das alle: Jeder von uns war schon einmal auf einer Party, zu der er nicht eingeladen worden ist ... und manchmal ist das wunderbar. Manchmal geht es in die Hose.))), und dass die feine alte Dame auch erzählt hatte (meinte ich mich zu erinnern), dass es vor diesem »So. Und jetzt wird geheiratet!« schon einen Jungen gegeben hätte, vielleicht sogar einen jungen Mann (aber vielleicht war das Ganze auch noch während der Zeit des Besuchs der Höheren Handelsschule gewesen, ich wusste es nicht mehr genau, erinnerte mich nur noch an Fragmente ihrer Erzählung: ein Tennisplatz und ein gemischtes Doppel, die schüchterne Vorstellung eines Jungen beim Vater (ihr Vater, Ingenieur, Stahlhelmer, also konservativ durch und durch, von dem niemand Geschichten erzählte außer ihr, der Tochter, als wollten alle anderen lieber schweigen)), die Erzählung von einer Tanzveranstaltung in einem Park (unterbrochen von einem Gewitter, Klopstock usw.), und ich fragte mich, ob in dieser Erzählung damals etwas von einer schönen Erinnerung zu spüren gewesen war, etwas, dass mit Liebe und verpassten Chancen zu tun gehabt hatte, das ich damals nicht hätte verstanden haben können, aber etwas, dass vielleicht dagewesen war, so, wie es einem aus den Erzählungen vieler anderer Menschen bekannt ist, wie man es eben kennt: die Erzählungen von der ersten Liebe (das Reine und Pure der ersten Liebe; selbstverständlich nicht zu halten, zerbrochen – vielleicht hat man es selbst zerbrochen, vielleicht wurde man zerbrochen, aber irgendeine Geschichte gibt es immer, und ich kenne eigentlich keinen, der keine solche Geschichte zu erzählen hätte, keinen, der nicht manchmal »romantisch« wird und dann zu erzählen beginnt (»Ein Unwetter zog auf, wir standen am Fenster. Dann: Regen prasselte. Ein Gewitter. Klopstock.«) oder es in eine Erzählung, seine Erzählung, einfließen lässt, um dann seinen Gedanken noch etwas hinterherzuhängen, um dann der Geschichte einen banalen, vielleicht relativierenden Abschluss zu geben: »Und dann studierte er/sie Betriebswirtschaft.« Oder: »Und dann ging sie nach Afrika«, oder er: »... zur Fremdenlegion« – na ja, meist Geschichten, Weitererzählungen, die, wie man so sagt, »gegen den Baum fuhren«, bei denen man also das Glück hatte, nicht an dem traurigen Ende oder der »traurigen« Weiterentwicklung der jeweiligen einstmals geliebten Person teilgehabt haben zu müssen, dass der Kelch dann doch an einem vorübergegangen ist (das Gegenbeispiel sind naturgemäß die Geschichten, in denen man einmal mit jemandem zusammen war, der später erfolgreich und vielleicht sogar berühmt geworden ist; diese Erzählungen funktionieren naturgemäß ganz anders: Meistens schmückt sich der Erzähler damit, schmückt sich mit der Bekanntschaft und der Erzählung gleichermaßen (als sei er die Ursache), und manchmal fügt er noch einen kleinen Seitenhieb hinzu: »Er (oder sie) hatte aber schon immer einen miesen Charakter« (und damit wertet man sich dann als Erzähler wieder auf – es ist erbärmlich), oder: »... war immer schon ein wunderbarer Mensch«, wobei die Sehnsucht dann schlicht und einfach nachhängt, nachweht, einen süßlich bis stinkenden Duft und Geschmack hinterlässt, im Raum schweben lässt, etwas, das doch schön gemeint war, etwas, das den oder die Erzählerin motiviert hatte, manchmal sogar – so vermutete ich – bis heute am Leben erhielt: um davon zu erzählen. Als sei das Zweck genug)).

Um uns herum war es Nacht. Zwischen uns das Licht zweier Kerzen. Wir aßen Zitronensorbet. Über uns der Sternenhimmel. Leicht ging der Wind über die Terrasse, und neben den Worten, welche die feine alte Dame sprach und auf die ich so gut als mir möglich antwortete (was meist nur einer Bestätigung des Gesagten gleichkam), war nur das Meer zu hören. Ölig zerberstend am Land, an Klippen und Strand. Und die feine alte Dame erzählte, dass, bevor sie heiratete, oder vielmehr bevor sie verheiratet wurde, oder zumindest bevor sie einen Antrag erhalten hatte, und zwar einen, der ihr wohlgefällig gewesen war (angemessen innerhalb der Prämisse »Standesgemäß, bis der Tod Euch scheidet«), dass sie da, nach dem Abschluss der Höheren Handelsschule als Au-pair nach Budapest gegangen war. Für ein Jahr. Zu einer jüdischen Familie. Und während sie das erzählte, und immer, wenn sie das erzählte, begann ihr Gesicht von innen zu leuchten, durchfuhr ihren Körper eine für ihr Alter ungewohnte Lebendigkeit, denn sie erzählte von Pest und Buda, von der Donau, welche die Stadt teilt, dem Gellert Bad und Hotel (das erste am Platz), von den Mehlspeisen, den gusseisernen Kanaldeckeln, die noch die Abkürzung k. u. k. aufwiesen, berichtete von der immerwährenden Freundlichkeit, berichtete von den beiden Kindern, von dem, was ihr ermöglicht wurde: Balaton, Puszta, Kukuruz –

»Hast du da Ungarisch gelernt?«

»Nein.«

»Wieso?«

»Da sprach man deutsch. Also, wir haben deutsch gesprochen. Und die beiden Kinder haben das von mir gelernt.« Wie gesagt: k. u. k.-Prägungen auf den Kanaldeckeln – in Teilen noch heute in der Stadt anzutreffen, wie erzählt wird, Österreich-Ungarn, ein Relikt, ein Atavismus, damals schon, und heute erst recht, aber heute beinahe niedlich, denn wer kann das schon entziffern, was damals beinahe noch eine Selbstverständlichkeit darstellte? So, wie es für die feine alte Dame eine Selbstverständlichkeit war, ansatzlos über die Juden im Allgemeinen herzuziehen, einem anerzogenen und (vielleicht selbstkultivierten) Antisemitismus Raum zu geben, vom »Juden« als Gemeinplatz zu sprechen, ohne ihre eigene Erfahrung, ohne das, was ihre Bäckchen zum Leuchten brachte und ihren Körper zu revitalisieren schien (Budapest, was für eine Erinnerung, was für ein Fest!), in Rechnung zu stellen. Als habe das eine

naturgemäß mit dem anderen nichts zu tun, geschweige denn zu schaffen. Denn das eine war ja eine gute, eine glückliche Zeit gewesen – so oder so. Und jüdische Zwangsarbeiter hatten sie in der Schweinemast ja nie, nur einmal, nur kurz, gehabt. Aber die waren von ihren Bewachern so schlecht behandelt worden, dass man eine Weiterbeschäftigung im Schweinemastbetrieb ablehnen, kategorisch, ja, aus humanen Gründen, ablehnen musste. Und so richtig Bescheid wussten wir ja nun wirklich nicht. Und nach dem Jahr in Budapest, dem Jahr in Ungarn, dem Aufenthalt in einem Land, dessen Sprache sie nie gelernt hatte, ging sie für ein Jahr, wieder als Au-pair, nach England. Aber die Erzählung über England und ihren Aufenthalt dort blieb spärlich, ich erinnerte mich nur an so etwas wie: Ein junges Mädchen steht am Picadilly-Platz und irgendwas von verschütteter Milch oder übergekochter Milch in einem gusseisernen Topf, erinnerte mich mithin an nicht viel, weil sie nicht viel erzählte, aber sie sprach, selbst im hohen Alter, noch ein nahezu fließendes Englisch, beinahe stiff upper lip. Und manchmal brach es eben aus ihr hervor: Ich hätte die Königin von England bewirten können. Aber sonst nichts. Nichts weiter über ihre Zeit in England. Oder ihrem Verhältnis dazu.
Dann die Heimkehr nach Deutschland und mit ihr die verwunderten Blicke: Die alte Jungfer! Kurz darauf lernte sie den Vater kennen, meinen Großvater, Liebe auf den ersten Blick! Er war zehn Jahre älter, sie lernten einander auf einer Hochzeit kennen, und weil die Zeit für die jeweils eigene Hochzeit für beide schon ziemlich überschritten war, hatten sich die zwei gefunden, und, wie gesagt, es war Liebe auf den ersten Blick, Liebe aus der jeweiligen Notwendigkeit heraus vielleicht, wer will das sagen, aber drei Monate später haben sie geheiratet. Das kann jedem mal passieren. In Hohenlohe-Franken.

Die feine alte Dame nestelte an ihrem silbernen Hampelmann. Der Hampelmann bewegte lustig seine Glieder.
Die alte Dame war müde. Sie lächelte mich an.
Ich fragte sie nach ihrem Knie – und was es mit diesem Mann auf sich habe, der von Maria für morgen angekündigt worden sei.
»Dazu muss man die richtigen Kontakte haben. Und das nötige Kleingeld.«
Pause.
»Schön hier, nicht?«
Ein leichter Wind strich über die Dachterrasse.
Das Meer unter uns trieb monoton die Wellen an den Strand.
»Ja.«
»Das Meer. Es macht, was es kann. Es kann ja nichts anderes. Aber ist es nicht wunderbar?«
»Ja.«
»Und immer wieder anders.«
»Ja.«
Ich legte den Kopf in den Nacken, das Plastik der Rückenlehne gab etwas nach, ich betrachtete die Sterne, ein klarer Nachthimmel. All die Sterne. So weit. So unfassbar. Und, ja, auch schön. Unbestreitbar.
So saßen wir da. Die feine alte Dame und ich. Den Blick zu den Sternen. Die Wellen rollten monoton heran, klatschen immer wieder und immer wieder neu an den Strand.
Früher glaubte man, dass die Sonne für das männliche und der Mond für das weibliche Prinzip stünden. Auch heute findet sich das noch im Sprachgebrauch wieder: Die Frau hat einen Zyklus wie der Mond. Vielleicht rührt das einfach aus einer banalen Naturbeobachtung, dem Keimgrund der Wissenschaft, oder es ist ein missverstandener Pathos, aber schön ist der archaische Glaube, dass die Kinder von beiden die Sterne sind.

Also die Sterne das Potenzial darstellen. Unendlich viele und unendlich viele Möglichkeiten.

Ich mochte das Bild.

»Mir ist nicht gut. Ich möchte ins Bett. Bitte sag Frau Dresenkamp Bescheid.«

In meinem Zimmer hielt ich es nicht aus. Es war mir zu still. Ich schaltete den Fernseher ein. Es half nichts. Also nahm ich meine Studienunterlagen und ging zur Hotelbar. Die Bar war ebenfalls mit einem formidablen Blick aufs Meer ausgestattet, das jetzt beinahe unsichtbar war, nur die Lichter eines Kreuzfahrschiffes, das ruhig auf dem Schwarz der Wellen dahinglitt, waren auszumachen. Aus den in die Decke eingelassenen Hotelbarlautsprechern drang leise und sanfte Musik. Easy Listening. Ab und an etwas Elvis und Mel Tormé. Die Bar war bis auf ein Ehepaar und den in sauberstes Weiß gewandeten Barkeeper leer. Ich bestellte mir einen Weißwein und schlug mein Lernmaterial auf. Ich hasse lernen. In der Theorie. Ich arbeite gerne mit meinen Händen. Wenn es klappt, werde ich Chirurg. Ja, wenn es klappt, dachte ich und schaute vor mich hin. Grisu der Drache wollte Feuerwehrmann werden. Jedem das Seine. Das Ehepaar schaute ebenfalls vor sich hin. Beide wohl Mitte fünfzig, sie (blondierte Haare, Dauerwelle, ein smaragdgrünes Kleid, schlanke Figur, etwas eingefallenes Gesicht, zu viel Bräune, roter Lippenstift und rot lackierte Fingernägel: eine Frau jenseits ihrer besten Jahre, üppig mit Gold behangen, das, Attraktivität simulierend, lustlos an ihr herunterhing) einen Erdbeer-Daiquiri vor sich, er (weißer Leinenanzug, weißes Hemd (lässig geöffnet), goldene Uhr am Handgelenk (Rolex), volles, aber offensichtlich gefärbtes (da grell bis strohblondes) Haar, verlebtes und noch brauneres Gesicht mit tiefen Ringen unter den Augen) mit einem Scotch & Soda vor sich. Beide Gläser halb leer. Sie saßen schweigend, und der Barkeeper polierte Besteck. Ich starrte vor mich hin, tat so, als starrte ich vor mich hin oder als lese ich in meinen Lernmaterialien. Der Mann grinste ab und an, die Frau verzog keine Miene. Dann trank der Mann seinen Scotch aus und bestellte sich beim anderen Mann in Weiß einen weiteren. Er sprach englisch. Der Barkeeper griff zur Scotch-Flasche. Die Frau sagte zu ihrem Mann: »Du solltest nichts mehr trinken.« Und er sagte:

»Und du trinkst immer mehr, als du verträgst.«

»Ich trinke nicht genug, um das auszuhalten.«

»Dann bestell dir doch noch einen Erdbeer-Daiquiri. Oder eine Bloody Mary. Oder irgendwas, das zu dir passt.«

Die Frau zeigte keine Regung.

Pause.

Dann sagte sie:

»Ja, Liebe ist etwas Wundervolles.«

»Ja.«

Schweigen.

Die Frau sog am Strohhalm ihres Erdbeer-Daiquiris.

Der Mann bohrte in der Nase.

Der Barkeeper polierte die Gläser.

Ich ließ auf mein Zimmer anschreiben und ging.

Auf meinem Zimmer versuchte ich meine Freundin zu erreichen. Sie ging nicht ans Telefon.

III

Als Frau Dresenkamp die feine alte Dame zum Frühstückstisch schob, stand der Cappuccino bereit. Dampfend. Die Großmutter lächelte entzückt. Überhaupt schien sie bestens aufgelegt, sie strahlte übers ganze Gesicht und ihre Wangen wirkten voller als sonst, lebendiger, energetischer, und ihre Augen blitzten, während Frau Dresenkamps Gesicht eingefallen wirkte, als laste etwas auf ihr, als zöge etwas an ihrer Gesichtshaut – trotzdem versuchte auch sie ein Lächeln, und gleichfalls mit einem Lächeln kam Maria zu uns geschritten und sagte, dass heute, wie versprochen, der große Tag sei, an dem man jetzt endlich »die Sache mit dem Knie« in die Hand nehmen werde. Daraufhin begann das Gesicht der feinen alten Dame beinahe zu leuchten. Es schien sogar vor Entzückung zu brennen, als Maria hinzufügte, dass noch vor der Behandlung wegen der Kniegeschichte das Treffen mit dem Ivo in Dubrovnik stattfinden und dass uns der Imre mit seinem Taxi dorthin chauffieren würde. Was für ein Triumph! Und dieser Triumph heizte ihren Appetit an: ein Ei, Ciabatta (mehrere Scheiben), Butter, Weichkäse, Schinken, Marmelade, Croissant (zwei) und etwas Wassermelone – während sich Frau Dresenkamp wie am Tag zuvor mit Schafskäse, Tomate und Gurke zufriedengab. Maria gönnte sich einen Fruchtjoghurt.

»Franceska war ganz angetan von eurem Treffen gestern. Sie sprudelte förmlich vor Ideen und Erzählungen! Du seist ja so nett zu ihr gewesen.«

»Sie ist wirklich ein ganz aufgewecktes Mädchen.«

»Ein hochbegabtes Mädchen, Alexander, sie ist hochbegabt. Hat schon eine Klasse übersprungen«, sagte die feine alte Dame.

»Zwei Klassen hat sie übersprungen. Und jetzt möchte sie unbedingt in Greifswald studieren. Ich weiß nicht mal, wo Greifswald liegt!«, lachte Maria.

Ich sagte, dass es bei ihrer Qualifikation später sicher kein Problem sein würde, in Greifswald zu studieren. Jemanden wie Franceska nehme man dort sicher mit Kusshand. Darauf leuchtete jetzt auch das feiste Gesicht von Maria. Dann sprachen wir noch dies und das, und dann hieß es, dass die feine alte Dame nun etwas mit der Maria zu besprechen habe, und ich sagte, dass sich das gut fügen würde, da ich ja leider auch noch etwas zu lernen hätte. Und so schob Maria die Großmutter Richtung Aufzug und Frau Dresenkamp trottete hinterher.

Auf der Terrasse ging ein starker Wind. Ich saß in einem der Liegestühle, löffelte ein Fruchteis aus einer Edelstahlschale und schaute aufs Meer raus. Ich dachte nichts, sondern löffelte stumpfsinnig vor mich hin und starrte dabei aufs Meer, mein Blick verlor sich darin, Wellen erkannte ich keine mehr, ich starrte, wie gesagt, einfach vor mich hin und löffelte mein Eis, und der Wind nahm zu, gewann an Stärke, wirbelte durchs Haar und zerrte an den Kleidern der kleinen Familiengruppe, die in einiger Distanz rechts von mir am Geländer der Terrasse, die danach steil abfiel, da sie über die Klippen gebaut war, stand. Wenn man aufs Meer hinausschaute, so, wie es die Familie tat, konnte man für einen Moment denken, man schwebe über dem Meer. Frei. Losgelöst. Ich kratzte die letzten Reste der Eiscreme zusammen, eine Melange von verschiedenen Eissorten, geschmacklich nun nicht mehr unterscheidbar, nur noch süß, vielleicht nussig, und schob mir den letzten Rest in den Mund, schloss die Lippen und zog den Löffel genüsslich wieder hervor, wobei mein Blick auf eine in den Himmel gepinnte kreischende Möwe fiel. Ich brauchte etwas, um zu verstehen, was an ihr mein Interesse auf sie gezogen hatte. Und dann, mit einem

Staunen, stellte ich fest, dass die kreischende Möwe mit ihren Flügeln nicht etwa schlug, sondern eben zunächst auf der Stelle zu stehen, in der Luft zu hängen schien, als komme sie nicht weg von diesem Platz – und dabei schrie sie ihre Möwenschreie und blickte scheinbar auf uns, auf die Terrasse, aufs Hotel, aber dann bewegte sie sich doch, ohne dass sie selbst etwas tat, sondern als drücke sie der Wind langsam, aber unaufhörlich, weiter aufs Meer hinaus, weiter weg, wobei die Möwe weiter kreischte und es eben so schien, als würde sie ihren Blick auf uns richten, während sie schrie und sich nicht bewegte, ihre Flügel nicht bewegte, vielleicht gar nicht bewegen konnte, durch die Kraft des Windes, der sie langsam, aber jetzt bestimmt, deutlich erkennbar, aufs Meer hinaus, von uns fort trug, und währenddessen blies der Wind einen der zahlreichen gelben Sonnenschirme um, der über die Terrasse zu rollen begann, und die kleine Familie zu meiner rechten schien davon aufgeschreckt, drehte sich plötzlich um, die Frau griff nach ihrem Kind und der Mann eilte zum über die Terrasse rollenden Sonnenschirm, die Frau rief dabei unablässig in eine Richtung, die keinen Sinn zu machen schien (denn dort, wo sie hinrief, da war nichts auszumachen, stand nicht ihr Mann, und das Kind hatte sie inzwischen an sich gepresst), rief unablässig: »Benjamin! Benjamin! Benjamin!« Ich stellte den Eisbecher neben mich auf den Boden und richtete mich etwas auf, um dem Schauspiel besser folgen zu können, und nach kurzer Zeit eilte ein kleiner Yorkshire-Terrier freudig auf die Frau zu, schwanzwedelnd, aber dann wehte der Wind meinen Eisbecher weg, und ich sprang fluchend auf und versuchte, ihn wieder einzufangen.

Als ich den Eisbecher beinahe zu greifen bekommen hatte, fiel er doch noch durchs Gitter der Balustrade hinab ins Meer, worin er versank. Ich blickte ihm kurz hinterher, dann schaute ich dorthin, wo ich die Möwe vermutete, doch sie war ebenfalls weg. Und auch die Familie schien sich in Luft aufgelöst zu haben.

Ich überlegte kurz, ob ich nicht doch noch meine Studienunterlagen holen sollte, und ging zum Liegestuhl zurück, setzte mich, lehnte mich zurück, schloss die Augen, ließ den Wind über mich wirbeln und betrachtete meine sonnendurchleuchteten Lider von innen, beobachtete das fröhliche Treiben der Mouches volantes (der »fliegenden Mücken«, der »Glaskörperflocken«).

Mein Großvater war passionierter Segelflieger gewesen. Das heißt: beinahe. Aufgrund einer Entzündung in Kindertagen war ihm das Trommelfell des linken Ohrs gerissen und er galt als fluguntauglich. Aber als fluguntauglicher passionierter Segelflieger hat er den Segelfliegerverein (wie so vieles andere) mitgegründet und den Segelfliegern vom Boden aus mit passionierter Sehnsucht nachgeschaut. Segelflieger schreien nicht, dachte ich. Und dann dachte ich: Vielleicht sind die Segelflieger ja die Indianer der Lüfte, und ich nickte kurz ein.

Punkt 11.30 Uhr kam Imre mit seinem Mercedes angeflogen. Die feine alte Dame wurde ins Gefährt gesetzt, Frau Dresenkamp und ich nahmen auf der Rücksitzbank Platz und der Imre schoss los, der Diesel nagelte wie wild, wir zogen eine Staubwolke hinter uns her, die Stoßdämpfer erinnerten in ihrem Schwimmen mehr an das Gleiten eines Hovercrafts, und Imre begann von der gestrigen Reise zur Deutschen Botschaft zu erzählen: Wie freundlich sie dort empfangen worden seien, dass alles nach Plan liefe, sich zusätzlich formidable Kontakte ergeben hätten und sie somit jetzt tatsächlich einen großen Schritt weitergekommen seien. Die feine alte Dame gratulierte, Frau Dresenkamp untersuchte den Ellenbogen ihres rechten Arms, der Rücken ihrer linken Hand war gerötet, die Landschaft flog an uns vorbei, dann vereinzelt Häuser, dann mehr Häuser (Plattenbauten), dann nur noch Häuser (Altbauten), und in einigen waren Abplatzer in der Fassade zu erkennen (teils einzelne, teils in unregelmäßig verlaufenden Linien: Rückstände von Einschüssen, dachte ich, während Imre die Geschwindigkeit zunächst drosselte, dann anhielt und das Nageln des Motors erstarb). Wir hatten die Altstadt erreicht.

Die feine alte Dame saß wohlbehütet in ihrem Rollstuhl, und der Imre schob sie über den mit Marmor gepflasterten Marktplatz in eine Gasse hinein und von dort in eine andere Gasse, und die Großmutter erkundigte sich, um was für ein Restaurant es sich handle und ob es standesgemäß sei, und Imre antwortete, dass es das beste in ganz Dubrovnik sei, ein Fischrestaurant (ich mochte keinen Fisch), und dass es immer für Wochen im Voraus ausgebucht sei und man gute Kontakte brauche, um überhaupt einen Platz zu bekommen. Und die feine alte Dame antwortete, dass eben nichts über Kontakte oder, wie man heute sage (wie sie mit einem Augenzwinkern sagte), nichts über Vitamin B gehe. Dann bat sie den Imre kurz anzuhalten, ließ sich von Frau Dresenkamp ihre Handtasche geben, kramte ihren Taschenschminkspiegel hervor, zog ihre Lippen mit dem Lippenstift nach und war bereit. Fein herausgeputzt.

Ivo empfing uns an der Restauranteingangstür, Imre verabschiedete sich, und die feine alte Dame drückte ihm unauffällig einige Scheine Geld in die bereitgehaltene Hand. Das Restaurant war innen weiß gestrichen und mit einer unübersehbaren Anzahl von Spiegeln versehen, in denen wir uns tausendfach brachen. Wir bestellten schließlich der Empfehlung des Restaurantchefs folgend etwas ganz Exquisites, Seltenes, ganz Wunderbares, eben etwas Besonderes, dem Anlass Entsprechendes, wie er sagte und daraufhin das Essen kommen ließ: mir unbekannte Fischsorten, eine große Platte, Muscheln und anderes Meeresgetier, und in der Tat, ganz vorzüglich, ganz hervorragend, sicherlich würde ich nun mehr Fisch essen, nahm ich mir vor, und dann kam der Nachtisch, und der Ivo rauchte Kette und unterhielt sich mit meiner Großmutter, und meine Großmutter lächelte, und manchmal gluckste sie etwas, dann waren ihre Bäckchen rot, röteten sich oder hatten sich bereits gerötet, unter ihrer alten Haut, die balsamiert, tagtäglich eingecremt und einbalsamiert wurde, als Ausdruck des Versuchs zu konservieren, was einst vorhanden, nun aber nicht mehr war – und wie sie die Kommentare zu ihrer Haut liebte! Wenn nötig, würde sie das Kompliment oder den Kommentar, der jederzeit zu einem Kompliment werden könnte, schon richtig zu verstehen und zu lenken wissen, hin zur einbalsamierten Haut, die der Zeit und der Sterblichkeit enthoben, entzogen, durch einen Trick entzogen, einer Mumie gleich, unnatürlich golden glänzend, aber doch faltig geworden, weil zu spät angewendet und jetzt nur in ihrer Faltigkeit erhalten und konserviert und präserviert und was nicht noch alles getan wurde, um die Zeit zu überwinden, was nicht gelang. Die Vergänglichkeit des Fleisches, das sich ins Nichts zu ziehen, zu wünschen schien, sich zum Boden hin zu zerfließen, hin zur Erde zu wünschen schien, lachte in seinem präservierten Gold der Ewigkeit Hohn, sodass die feine alte Dame nicht anderes konnte, als rot zu werden, goldrot, weil Ivo sie ansprach, und die Großmutter lächelte und nickte und kicherte verschämt und hörte dabei gar nicht zu, hörte dem Ivo nicht zu, wie immer, denn jetzt war alles wie früher, aber noch unwahrscheinlicher, absurder, noch traumhafter, wenn sie beobachtete, wie sich seine Lippen bewegten, wie sie sich um die Zigarette legten und wie er inhalierte – ja, ein Mann muss rauchen –, und Ivo atmete tief ein und inhalierte, man konnte hören, wie er an der Zigarette zog, wie der Rauch seine Lungen füllte, und der Vater hatte auch geraucht, immer geraucht und war sportlich dabei geblieben, ja, die Sportlichkeit war für sie beinahe ohne Zigarette nicht zu denken, bis er eines Tages, nachdem er einen Vortrag über die Schädlichkeit des Zigarettenkonsums in einem Rotary Club, dessen Gründungsmitglied er gewesen war, gehört hatte und deswegen von einem Tag auf den anderen beschlossen hatte, das Rauchen aufzuhören, aufzuhören, obwohl es doch zu seinem Wesen gehört hatte, und er es also somit einfach von seinem Wesen abschnitt und tagelang gereizt war, weil ihm etwas fehlte, wie ein Körperteil oder ein glücklicher Gedanke, als hätte ihn die Liebe oder das Glück verlassen. Er konnte nicht einmal klagen, weil die Umstände nicht danach waren oder einfach kein Verständnis zu erwarten war, das Umfeld nicht in der Lage war, für ein »Mir fehlt etwas« Verständnis aufzubringen, und so war er nur gereizt, ja, wütend über sich und die Umwelt und die nicht passenden Umstände, denn es gab keinen Druck von außen, er hatte das selbst entschieden und seinen Willen zusammengenommen und sich über sich selbst und seine Gewohnheit einfach hinweggesetzt und aufgehört, aufgehört mit dem Rauchen, immerhin, angesichts dieses Vortrags, dieses dämlichen Vortrags, durch den er plötzlich mit seiner eigenen Sterblichkeit konfrontiert worden war (das erste Mal, hatte er sich doch immer vital gefühlt, stark, sportlich und kräftig), und im Erschrecken zog er die Reißleine, suchte sich und sein Leben zu strecken, zu verlängern und auszudehnen, und jetzt griff nur sein Unmut Raum, seine Gereiztheit, und dann fragte, drei Tage nachdem er das Rauchen aufgegeben hatte, die Frau, meine Großmutter, die Dame, die alte Dame, die jetzt, mit geröteten Bäckchen dem Ivo nicht zuhörte, so, wie kleine Mädchen es zu tun pflegen, sie fragte ihren Mann, den Vater: »Was ist denn mit dir?«, und er antwortete: »Ist dir nichts aufgefallen?« Und sie: »Nein.« Pause. »Wieso?« Und er: »Ich rauche seit drei Tagen nicht mehr.« Und er fing es nie wieder an. Aber dem Ivo stand es so gut, fand sie, wie er genüsslich an der Zigarette zog und inhalierte, tief inhalierte und dann irgendwann die Zigarette ausdrückte, sorgsam, ja, fast genüsslich, schließlich gehörte das dazu, zum Rauchen, er drückte die Zigarette gewissenhaft und sorgfältig aus, faltete den Filter – kein en passant die Glut ausdrücken, wobei der Filter vom Daumen nur in den Aschenbecher gedrückt und plattgedrückt wird, nein, Ivo war kein hektischer Gewohnheitsraucher, dem es selbst fast unangenehm war, sondern ein Genussraucher –, ein sorgsames Falten des Filters, zweimal, sie hatte das genau beobachtet, er machte das immer noch wie früher, zweimal gefaltet, es stieg noch etwas Rauch aus dem Aschenbecher, dann erstarb der Rauch, verlosch, und es war vorbei, und währenddessen rührte meine Großmutter, wie nebenbei beobachtend, in dem dampfend vor ihr stehenden Cappuccino, verrührte sorgsam die zwei Löffel Zucker, verrührte den Kakao auf dem Milchschaum, und ein leichter Dampf stieg auf und vermischte sich mit dem ersterbenden Rauch der Zigarette, der sorgfältig ausgedrückten Zigarette, bis der Ivo kurz darauf eine neue Zigarette aus der Papierschachtel nahm und sie zwei-, dreimal mit dem Filter nach unten auf die weiße Tischdecke klopfte. Dann steckten wir, jeder für sich und doch gleichzeitig, die Kuchengabel in den Kuchen vor uns und aßen den Kuchen oder die Torte, je nachdem, was wir bestellt hatten. Wir aßen schweigend, nur die Großmutter und der Ivo lächelten sich manchmal an, dann wurden die Bäckchen der Großmutter wieder goldrot. Schließlich war der Kuchen gegessen. Ivo zündete sich die sorgsam auf der Tischdecke festgeklopfte Zigarette an und wollte uns die Stadt zeigen, sollte Frau Dresenkamp und mir die Stadt zeigen, denn dafür war er bezahlt worden oder würde noch bezahlt werden, fürstlich entlohnt werden, sicherlich, denn »die haben ja nichts, hier«, wobei die Großmutter zwinkernd lächelte und dann zahlte, indem sie umständlich ihre Geldbörse aus ihrer Handtasche nahm, die ihr Frau Dresenkamp gereicht hatte, obwohl sie gleich neben ihr, an einer der Feststellbremsen des Rollstuhls gehangen hatte, aber diensteifrig oder vielleicht nur aufmerksam hatte Frau Dresenkamp ihr die Tasche gereicht, und als die alte Dame ihren schweren Geldbeutel in der Hand hielt, ihn öffnete, ins Innere auf Münzen und Scheine und Kreditkarten blickte, wobei sich ihr Hals einer Schildkröte gleich in Falten legte, und sie das Geld herausgezählt hatte, dabei den Ivo fragte, wie hoch der Betrag denn eigentlich sei, als sie das Geld dann endlich genau herausgezählt, ein Drittel des Betrages als Trinkgeld draufgelegt hatte, als wir also endlich gezahlt hatten und gingen, da schob ich die Großmutter durch die Stadt, das heißt: Ich wollte sie durch die Stadt schieben, aber der Ivo übernahm diese Tätigkeit, und so rollte die Großmutter über das Marmor der verwinkelten Gassen.

(Was ein seltsames Bild ergab: Wenn Ivo anhielt, um Frau Dresenkamp und mir etwas über die Stadtgeschichte oder -architektur zu erzählen, mussten wir uns zu ihm umdrehen. Er stand dann hinter dem Rollstuhl der alten Dame und erzählte, und es war, als erzählte die alte Dame selbst, denn sie lächelte wissend oder vielleicht stolz, und so boten der Ivo und meine Großmutter ein seltsames, aber vertrautes Paar. Wenn ich es nicht besser gewusst hätte, man hätte denken können, sie seien ein altes, treusorgendes Paar, nur dass sie, die Frau, nun dieses Malheur mit dem Knie hatte, ein Unfall, Schicksal – es hätte jeden treffen können, sie oder ihn, und nun war es eben sie, aber das tat der Liebe keinen Abbruch, c'est la vie.)

Ich machte ein Foto von den beiden und fing ihr Glück ein.

Doch dann war es Zeit für die beiden Damen, Imre wartete am ausgemachten Ort und wir verabschiedeten uns aufwändig, was bedeutet, dass es dauerte, bis die feine alte Dame von Ivo und dessen Hand lassen konnte, nach dem Abschiedsküsschen doch noch ein paar Anekdoten zu berichten wusste, worauf der Ivo herzlich lachte und man sich noch einmal, für heute zum letzten Mal verabschiedete, also Küsschen links, Küsschen rechts, Frau Dresenkamp und ich standen derweil in höflichem Abstand, und ich fragte sie, wie es ihr ginge, und sie sagte: »Den Umständen entsprechend. Nun ja, gut«, aber schön, dass ich nachfrage. Und ob ich mich freue, jetzt die Stadt noch etwas näher kennenzulernen? »Ja, natürlich«, sagte ich, und sie sagte, dass sie die Gelegenheit leider nicht wahrnehmen könne und dass sie sich immer schon für die Geschichte des Mittelmeerraums interessiert habe, es sei gewissermaßen ein Steckenpferd von ihr, gerade das Mittelalter, und ob ich wisse, dass die Handelsflotte der damals unabhängigen Stadtrepublik Dubrovnik im 16. Jahrhundert aus 160 Schiffen bestanden hätte und zu jener Zeit eine der größten im Mittelmeer gewesen sei? Nein, hatte ich nicht gewusst. Und dass die bedeutendste Schutzmacht der Republik Dubrovnik das Königreich Spanien war, und auf der anderen Seite die größte Bedrohung der Unabhängigkeit und Freiheit Dubrovniks Venedig gewesen sei? Selbstverständlich auch nicht. »Schade«, sagte Frau Dresenkamp und legte ihre Hand knapp unterhalb ihres Halsansatzes, als gelte es diesen zu massieren, aber die Hand ruhte. Der Handrücken war entzündet. Ihre Augen schauten müde, sie versuchte es mit einem Lächeln.

»Alexander, freust du dich, dass du jetzt eine exklusive Stadtführung bekommst?«, strahlte mich die feine alte Dame an.

»Ich hätte es mir nicht besser wünschen können!«

Und dann nagelte der unverwüstliche Mercedes los.

Ivo führte mich durch die Altstadt (Hauptpromenade (die Stradun), der Fürsten-Palast, die Kirche des Heiligen Blasius, die Kathedrale, Klöster, das Zollhaus und das Rathaus, die Rolandsäule, der Rektorenpalast, der Sponza-Palast, der Glockenturm, das städtische Rathaus und die Stadtmauer (1940 Meter lang und komplett begehbar)). Alles in allem beeindruckend. Ein herrlicher Blick von der Stadtmauer aufs Meer und darüber ein Himmel, der sich nach und nach zuzog, der Wind wurde stärker, aber die Geschichten, die Ivo erzählte, waren allesamt kurzweilig und unterhaltsam, und er lud mich zu sich ein, denn er habe einen sehr guten Schnaps zu Hause, eben frisch eingetroffen, einen Schnaps, den es nur hier und auch hier nur selten in guter Qualität gebe, aber der, den er gerade bekommen habe, der sei eben formidabel, ganz ausgezeichnet, dazu, auf ein Glas, wolle er mich gerne einladen. Außerdem könne man sich so besser kennenlernen, gerade auch, da die feine alte Dame ja so viel von mir erzählt habe und sie ja überhaupt eine ganz besondere Person sei, und ein Glas könne jetzt nach dem Rundgang ja nicht schaden, überhaupt sei die Führung ohne die köstliche Spirituose gar nicht vollständig und außerdem würde ich so noch einen anderen Teil der Stadt, jenseits des Tourismus, kennenlernen.

Mit einem Taxi (wie selbstverständlich ebenfalls ein Mercedes 200D) fuhren wir zu ihm, fuhren durch die Altstadt, dann durch andere Stadtteile, und dann schlängelte sich die Straße einen Berg hoch, und der Berg war mit Betonhochhäusern in unterschiedlichsten Bauzuständen gepflastert, wie Pilze schienen sie aus dem Boden geschossen, allerdings vor langer Zeit, dazwischen blühte der Oleander, und auf dem Weg hierher sah man (Ivo wies mich explizit darauf hin) die Kriegsrückstände: Einschusslöcher, Bombentreffer in Häusern und Bombenkrater, abgebrannte Häuser und die Anzeichen und Früchte des Wiederaufbaus einer Stadt. (Die feine alte Dame hatte von Maria Anfang der Neunzigerjahre eine VHS-Kassette über die Angriffe auf Dubrovnik zugeschickt gekommen. Keine Amateuraufnahmen, sondern professionell gefilmtes Material. Mit einer grafisch ernüchternd-einschüchternd gestalteten Videokassettenhülle. Ich meinte mich zu erinnern, dass das Voice-over sogar auf Deutsch gewesen war. Wahrscheinlich ein Propagandavideo, aber sicherlich ein Video, das die Weltöffentlichkeit (was auch immer das sein mag) aufrütteln, vielleicht zum Eingreifen aufrufen oder zumindest die Angreifer in internationalen Verruf bringen sollte. Sie zeigte mir das Video, ich glaube, es war im Winter. Sie war entsetzt. Ich verstand nichts von dem, was ich sah. Die Großmutter erzählte mir von Dubrovnik und den Menschen dort, die sie kannte. Und dass es eine Schweinerei sei, dass keiner etwas dagegen tue. Ich verstand nichts von alldem, was sie sagte. Genauso wenig wie ich die Bilder der Maueröffnung verstanden hatte, die ich auch bei ihr gesehen hatte, weil ich an diesem Tag zufällig bei ihr gewesen war, und genauso wie ich damals nicht verstanden hatte, weshalb sie wegen der Maueröffnung so aufgeregt war. Die innerdeutsche Grenze war für mich eine Grenze zwischen zwei Staaten. Die DDR wie die Schweiz, nur eben böse (oder noch böser, denkt man an das ganze jüdische Zahngold, aber der Vergleich ist natürlich unzulässig) und erfolgreicher bei den Olympischen Spielen. Dass die feine alte Dame ursprünglich aus Sachsen kam, hatte für mich (was mich heute verwundert, aber was will man tun?) keine Relevanz gehabt.)

Ivos Wohnung befand sich im obersten Stock eines heruntergekommenen Hochhauses und bestand aus einer kleinen Wohnküche und einem Schlafzimmer. Es herrschte eine heitere Unordnung, die Wohnküche bot einen formidablen Blick raus aufs Meer, und über dem Meer hingen die Wolken grau und dick zusammen und ineinander verschlungen, vom Wind verrührt und durchwalkt, und die Fischerboote schaukelten wie Spielzeug auf den Wellen. Ivo wies mir einen Platz auf der Eckbank mit dem Rücken zur Aussicht zu, grinste breit, zauberte zwei Gläser und eine Flasche Schnaps hervor, schenkte uns ein, wir hoben die Gläser, Ivo sagte: »Živjeli!«, und ich widerholte das Wort so gut ich konnte, wir stießen die Gläser aneinander und stürzten den Schnaps hinunter.

»Und?«

»Ja, ganz hervorragend.«

»Hab ich doch gesagt«, sagte der Ivo und schenkte nach. Ich sagte: »Prost!« und der Ivo: »Živjeli!«, und ich widerholte das

Wort etwas flüssiger als vorher, wir stießen an und tranken den zweiten Schnaps.

»Ich mag dich!«, sagte der Ivo. »Deine Großmutter ist zurecht stolz auf ihren erstgeborenen Enkel.«

Ich sagte: »Ach was!«, er schenkte nach und sagte: »Živjeli!«

»Živjeli!«

Eigentlich mochte ich keinen Schnaps. Ich vertrage ihn nicht. Aber dieser Schnaps schmeckte in der Tat.

»Familiensinn, das haben heute doch die wenigsten«, sagte Ivo und schaute kurz ernst drein. »Erzähl. Was machst du?«

Ich sagte, dass es da nicht allzu viel zu erzählen gebe. Alles ganz normal. Abitur, Zivildienst und jetzt eben das Medizinstudium.

»Hast du ein Mädchen?«

»Ja.«

»Blond, brünett oder rothaarig?«

»Brünett.«

»Ich mag auch am liebsten die Brünetten.«

»Sie hat ein süßes Lächeln.«

»Und sicher ist sie hübsch wie du.«

»Na ja, sie ist schon eher hübsch …«

Ivo lachte und fragte: »Was ist mit deinen Eltern?«

»Mein Vater ist Richter beim Landgericht und meine Mutter ist Tierarzthelferin.«

»Sind deine Eltern noch zusammen?«

»Geschieden.«

»Meine Tochter hat sich auch scheiden lassen.«

»Wie alt ist deine Tochter?«

»Zweiunddreißig. Sie heißt Ivica«

»Kinder?«

»Nein. Haben deine Eltern noch Kontakt?«

»Sie reden nicht mehr miteinander. Aber übereinander reden sie viel.«

»Genau wie meine Ivica. Tja. Liebe ist eine seltsame Sache. Liebe oder Hass. Nichts dazwischen.«

»Nichts dazwischen.«

»Darauf trinken wir einen!«

»Živjeli!«

»Živjeli!«

Der Himmel war nun beinahe schwarz und die ersten dicken, fetten Regentropfen schlugen gegen das Panoramafenster.

»Deine Großmutter hat erzählt, dass nur du sie im Altersheim besuchen würdest.«

»Das Verhältnis zwischen ihr und meiner Mutter ist nicht das beste. Und mein Vater braucht sich eh nicht bei ihr blicken zu lassen.«

»Warum sind die beiden zerstritten?«

»Mutter und Tochter eben«, ich zuckte mit den Achseln, »Da kann man nichts machen.«

»Hast du's versucht?«

»Mehr als einmal.«

»Ich mag dich. Auf dich! Prost!«

»Auf dich, Ivo. Die Großmutter mag dich sehr. Prost!«

»Sie kümmert sich um mich. Sie hat ein gutes Herz. Hat mich auch während des Kriegs nicht hängen lassen. Sie schickt mir bis heute Care-Pakete mit entkoffeiniertem Nescafé.«

»Hat sie mir erzählt.«

»Entkoffeinierten Nescafé gibt es inzwischen auch wieder bei uns. Ist aber teuer. Und ich kann wegen meinem Herz keinen anderen trinken als entkoffeinierten.« Er zündete sich eine Zigarette an. Der Regen wurde stärker. Ivo knipste das Licht in der Wohnung ein und sagte: »Schade, das mit deiner Mutter und der Großmutter.«

Und ich antwortete: »Ja«, und dass das sehr seltsam sei, diese Beziehung zwischen den beiden. Und dass, immer wenn die eine der beiden auf die andere zuginge, die andere automatisch abblocke. Bestenfalls. Ja, eigentlich würden sie sich ständig verletzen. Zwanghaft. Da käme man argumentativ, mit dem rationalen Aufzeigen der beiden Interessensseiten, nicht weiter, dringe nicht mal damit durch. Und der Ivo sagte: »Liebe oder Hass«, und ich antwortete: »Ja, vielleicht.« Dann fragte ich, ob er von meinem Onkel, dem Bruder meiner Mutter, gehört habe. »Nein?«

Und ich erzählte, dass ich meinen Onkel nie kennengelernt hatte, da er vor meiner Geburt bereits verstorben war. Es war ein Unfall, ein Unglück gewesen. Er hatte Volkswirtschaft in Köln studiert, hatte seine Diplomarbeit bereits abgegeben und sollte den väterlichen Schweinemastbetrieb übernehmen. So war es ausgemacht und verabredet gewesen. Der Großvater war naturgemäß stolz darauf. Der Filius übernimmt den Laden, die Schweinemast. Die Großeltern waren eben im Urlaub in der Schweiz, als meine Mutter, die zu Hause geblieben war, die Nachricht vom Tod ihres Bruders per Telefon erhielt. Man hatte ihn tot in seiner Studentenwohnung gefunden. Nichts deutete auf Fremdverschulden hin. Er lag einfach tot auf dem Teppich seiner Wohnung. Mutmaßlich hatte er sich, so wurde in der Familie erzählt, nachdem er mit ein paar Freunden durch die Kölner Kneipen gezogen war und sich von diesen verabschiedet hatte (da er zu Hause (in seiner Studentenbude) noch etwas zu tun hätte), in seiner Wohnung an das Streichen eines Regals gemacht. Die Farbe enthielt Lösungsmittel. Die Fenster waren geschlossen. Ihm war wohl (wegen des Lösungsmittels und des Alkohols) schlecht geworden, mutmaßte man. Er sei, auf dem Weg aus dem Zimmer, in dem er die Malerarbeit verrichtet habe, wahrscheinlich über den Teppich (oder einfach so) gestolpert, mit dem Kopf gegen den Türknauf geschlagen, ohnmächtig auf den Boden (besagten Teppich – ein alter Perser des Urgroßvaters mütterlicherseits im Übrigen, für den es im elterlichen Haushalt keine Verwendung mehr gegeben hatte) gefallen, auf dem Rücken zu liegen gekommen. Und auf dem Rücken liegend habe er sich dann erbrochen. Daran sei er dann erstickt. Ganz einfach. Dumm. Ein dummer Zufall. Ein im Wortsinne tragischer Unfall. Und meine Mutter hatte Schwierigkeiten, die Eltern zu erreichen. Sie sagte, dass es eben diese Schwierigkeit gewesen sei, trotz des Schocks und des Schmerzes (denn in ihr brüllte es fassungslos und verzweifelt: »Der Bruder ist tot!«) konzentriert zu bleiben, sich auf das logische Problem, die Eltern nicht erreichen zu können, einzulassen, sich rational damit auseinanderzusetzten, sich bewusst die nächsten zu tätigenden Schritte zu überlegen, rational zu handeln, um *das Problem zu lösen*. Schritt für Schritt. Und als sie die Eltern endlich erreichte, wie es ihnen sagen? Der Bruder ist tot? Der Sohn ist tot? Erst hier kehrte die Verzweiflung zurück. Am anderen Ende der Telefonleitung war es still. Dann kamen stockweise Fragen, die sie nicht beantworten konnte. Sie fühlte sich hilflos. Und sie erzählte, dass auch ihr Vater hilflos gewesen war, aber dass ihre Mutter in diesem Moment zu handeln begann. Dass sie zu handeln begonnen hatte, das hatte mir dann auch wiederum (unabhängig von der Erzählung meiner Mutter) die Großmutter erzählt. Ja, der Vater habe nicht mehr aus noch ein gewusst. Was war also zu tun? Sie checkten aus dem Hotel im Grindelwald aus, die Großmutter fuhr den Großvater nonstop nach Köln. In Köln besahen sie die Leiche ihres Sohnes. Sie fragten nach den Umständen seines Todes. Die Antworten befriedigten sie nicht. Die Großmutter ließ die Rotary-Club-Kontakte spielen. Sie fanden einen Kölner Rotarier, einen Universitätsprofessor, der sich trotz des Wochenendes bereit erklärte (Der Leitspruch der Rotarier lautet: »Gemeinschaft von Berufsleuten«. Da darf doch der eine den anderen, gerade wenn er in Not ist, nicht hängen lassen, hatte die Großmutter dem Universitätsprofessor am Telefon gesagt), die Obduktion am toten Kind vorzunehmen. Die Großmutter erzählte, dass man ihren Sohn nach allen Regeln der Obduktionskunst auseinandergenommen und untersucht habe. Aber man habe keinen biologischen Grund, keine biologische Ursache für den Tod des Sohnes gefunden. Sie sagte: »Sogar das Gehirn hat man ihm rausgenommen, hat es untersucht und gewogen.« (Und als sie mir das erzählte, bekam ihr Blick, auch zu diesem Zeitpunkt noch, mehr als zwanzig Jahre danach, etwas Unwirkliches, Unsicheres; und dann fuhr sie fort:) »Aber auch da war nichts, auch dort war nichts gewesen.« Und dann lag in ihrem Blick nur noch Leere. Als hätte sie, so absurd es klingen mag, gehofft, dass man im Gehirn des Toten einen Zettel mit dem Hinweis auf den Grund des Unfalltodes hätte finden können. Aber da war nichts gewesen, keine Erklärung, kein Grund, kein Sinn, und so sagte sie noch mal, wie um sich selbst vom nicht Nachvollziehbaren zu überzeugen: »Man hat ihm sogar das Gehirn entnommen. Aber auch da war nichts gewesen.«

Der Ivo schob mir einen Schnaps hin. Wir tranken. Ich spürte den Alkohol deutlich.

»Hatte er eine Wunde am Kopf?«

»Weiß ich nicht. Hab ich nicht gefragt. Wahrscheinlich. Klar. Ist doch letztlich egal. Tot ist tot. Meine Mutter erzählte, dass bei der Beerdigung ihres Bruders ihre Eltern Arm in Arm vorausgingen – und dass sie ihnen hinterhertrottete. Drum herum und dahinter die ganze Gemeinde. Ich meine, mein Großvater war echt bekannt. Und da ging sie, da ging meine Mutter ihren Eltern hinterher. Alleine. Für sie war niemand da. Sie sagte, sie habe sich gefühlt, als habe man sie schlicht vergessen.«

Ich blickte Ivo an. Suchte seinen Blick. Hörte den Regen gegen das Panoramafenster trommeln.

Und als hätte es nicht besser passen können, begann es auch noch zu donnern, vielmehr (und noch schlimmer) begann der Donner nur zu grollen, war noch gar nicht da, noch kein Gewitter und noch nicht hier. So ein Quatsch, dieses Wetter jetzt, wer hat sich denn den Scheiß ausgedacht, dachte ich und dachte: Du bist besoffen, Alexander, besoffen bist du, sonst würdest du den ganzen Scheiß nicht dem Ivo erzählen (und dabei versuchte ich Ivo zu fixieren, wartete auf seine Reaktion), scheiß Schnaps, dachte ich, du weißt doch, dass du Schnaps nicht verträgst. Und Ivo sagte, während er den Schnaps nachschenkte: »Alexander, ich liebe dich!«, und ich dachte, Mensch, Ivo, du hast aber auch einen im Tee, du magst mich vielleicht – Ich mag dich, heißt das, nicht: Ich liebe dich, aber … Schwamm drüber, immerhin sprichst du sonst echt ein ordentliches Deutsch, und jetzt, unter diesen Umständen: das kann ja jedem mal brass... passieren, dachte ich und sagte: »Ivo, hoch die Tassen, scheiß Gewitter! Ich mag dich auch! Živjeli!«

»Živjeli!«

Jetzt zuckten auch die Blitze vom Himmel und kurz darauf folgte der Donner. Alles in allem wurde es also jetzt doch ein ehrliches Gewitter, und das Gewitter peitschte den Regen gegen das Fenster.

Ivo lächelte mich an. Ich lächelte zurück.

»Was ist denn deine Geschichte?«, fragte ich ihn.

»Was willst du denn wissen?«, fragte er.

»Erzähl einfach«, sagte ich.

»Früher war ich der Leiter des Tourismusamts.« Ivo ließ den Blick durch die Wohnküche schweifen. »Aber Jugoslawien gibt's nicht mehr. Das ist wie mit jeder Liebe. Irgendwann geht sie zu Ende.« Und er erzählte, dass er sich zumindest in Sachen Liebe nichts vorzuwerfen hätte. Ja, da wäre die Position im Tourismusamt durchaus von Vorteil gewesen, wie viele Frauen habe er nicht eben dadurch immer wieder kennengelernt, wie viele Frauen habe er nicht gehabt. Und: Er habe nichts anbrennen lassen. Mit Ende zwanzig sei er auch einmal so dumm gewesen zu heiraten, denn … Er fragte mich, wie ich es in der Liebe mit der Treue halten würde, und ich antwortete mit »Na ja …«, was ich so souverän wie möglich ausklingen ließ. »Siehste«, sagte der Ivo, »genau. Männer wie wir sind nicht für die Ehe geschaffen.« Und dass die Ehe sowieso nur eine Erfindung für die ganzen Spießer sei. Und warum? Um sie ruhig zu stellen. Darum. Damit man sie besser kontrollieren könnte. Überhaupt seien die verheirateten Frauen eh die interessantesten, weil am einfachsten zu handhaben. Die Monogamie und die Monotonie ihres Ehelebens, die würden sie förmlich nach Abwechslung lechzen lassen, aber man müsse sich nie Sorgen machen, dass sie sich in einen verlieben, dass sie einen mit ihrem Liebesgequatsche belästigen. Am besten wären deshalb verheiratete Frauen, die bereits Kinder hätten. Wegen einer Affäre würden die sich nie von ihrem Mann trennen und die Familie aufgeben. Immerhin sei die Familie ja auch überhaupt das Wichtigste. Und so bliebe es dann beim süßen kleinen Geheimnis. Denn wenn man schon in die Welt geschissen sei wie ein Vogel und doch nicht fliegen könne, so solle man sich doch zumindest ausprobieren. Daran habe er sich immer gehalten. Würde bis heute danach leben. Bloß das mit der Potenz, das ließe im Alter nach, aber er habe noch einen guten Kontakt zu einer Kreuzfahrtschiffsreiseleiterin, die ihm Viagra von ihren Reisen mitbringe, illegal zwar, aber effektiv. Ein Segen der modernen Pharmazie. Und dass er damit nach wie vor seinen Mann stehe. Er fragte mich, ob ich denn schon einmal einen geblasen bekommen hätte. Ich sagte: »Ja.« Und der Ivo lachte und steckte sich wieder eine Zigarette an und sagte: »Natürlich hast du schon einen geblasen bekommen. Mensch, ich hab dich echt lieb! Aber hast du schon mal wirklich gut einen geblasen bekommen?« Ich zuckte mit den Achseln, schürzte die Lippen und nickte.

»Darauf trinken wir einen. Aufs Blasen!«

»Nastrovje!«, sagte ich.

Wir ließen die Gläser zusammenkrachen, das Gewitter machte, was es konnte, blitzte und donnerte und erbrach den Regen in Kaskaden. Wir tranken.

»Was ist das eigentlich mit dem Import-Export-Geschäft und mit Marias Mann?«, fragte ich.

»Ach, Marias Mann. Netter Typ. Aber ein Waschlappen. Zwei Mädchen hat er von der Maria. Zwei Mädchen und keinen Jungen. Wie soll er da was zustande bringen?«

Der Ivo lachte und ich lachte (aus Höflichkeit wahrscheinlich oder wie auch immer – Oh Gott, der Schnaps!), und der Ivo steckte sich eine Zigarette an.

»Ach ...«, sagte der Ivo und streckte sich dabei und inhalierte tief, »wenn ich nur noch etwas jünger wäre ... Weißt du, das mit der Ehe, das ist zwar ein Fehler. Immer ein Fehler. Aber ohne die Ehe hätte ich meine Ivica nicht. Sie ist das Glück meines Lebens. Ja, echt. Trotz ihrer bescheuerten Mutter. Ein feines Mädchen.« Ich nuschelte, dass Kinder sicherlich immer etwas Feines seien. Der Ivo nickte schwer und gab mir recht und sagte, dass das Leben eigentlich eine einzige Katastrophe sei. Wer hätte zum Beispiel mit diesem verkackten Krieg gerechnet? Natürlich habe es Spannungen gegeben, aber Spannungen gebe es immer, man müsse sich doch nicht gleich die Köpfe einschlagen. Familie gegen Familie. Das wäre doch ... Er habe zum Beispiel während des Krieges, als er sich im Hinterland habe verstecken müssen, einen schweren Herzinfarkt erlitten. Die nächste Spezialklinik sei in Sarajevo gewesen. Sarajevo aber war eingeschlossen. Jedoch hätten es seine Kontakte (ja, trotz allem, trotz des Krieges, trotz aller Umstände und Widrigkeiten habe er immer noch hervorragende Kontakte – oder wie wir sagen würden: Vitamin B – gehabt), die ihn letztlich gerettet hätten, die ihn nach Sarajevo, durch einen unterirdischen Tunnel ins belagerte Sarajevo gebracht hätten (einen Tunnel, der bis Kriegsende unentdeckt unter dem Flughafenfeld verlief, ein

Tunnel, nicht einmal mannshoch, mit nackten Starkstromleitungen an der Tunneldecke (man habe die Stadt durch diesen Tunnel mit Strom und mit Medikamenten, mit Treibstoff und Nahrungsmitteln versorgt. Der Tunnel sei die Nabelschnur gewesen, welche die Stadt am Leben hielt, oder besser: sie vor sich hin vegetieren ließ (»Immerhin!«, sagte er) und eben nicht krepieren ließ), ein illegaler Versorgungs- und Fluchttunnel, eilig von zwei Seiten in die Erde gegraben und von über 800 Metern Länge, sogar eine Lore sei dort in Betrieb gewesen – und manchmal, nach heftigen Regenfällen, da stand das Wasser im Tunnel knietief), und knietief habe das Wasser auch im Tunnel gestanden, als man ihn zu seiner Rettung, zu seiner rettenden Operation, durch den Tunnel in die Stadt gebracht hätte. Der Ivo zündete sich eine Zigarette an. »Fünffache Bypass-Operation.« Er öffnete sein Hemd und zeigte mir die Operationsnarbe, »Sie haben mir das Leben gerettet. In Sarajevo. Wo sonst alle um einen starben wie die Fliegen.« Er knöpfte das Hemd ansatzweise wieder zu: »1425 Tage war die Stadt belagert. Zwei Jahre habe ich davon mitgemacht.« Er erzählte, dass es neben den schlechten Lebensbedingungen (schlechte Versorgung) und der Angst (Heckenschützen) das Schlimmste gewesen sei, keinen Kontakt zu Ivica gehabt zu haben. Keiner wusste von dem anderen. Wusste nicht, wo sich der andere befand, wusste nicht, ob der andere überhaupt noch am Leben sei. Das habe ihn krank gemacht, krank, obwohl er als genesen galt. Er habe sich überlegt, ob er seinem Leben nicht ein Ende setzen sollte. Alles sei ihm nutz- und sinnlos vorgekommen. Eine große Leere sei das gewesen. Aber letztlich habe ihm der Mut zum letzten Schritt gefehlt. Er glaube zwar nicht an Gott, doch sei er Gott dankbar, dass er sich nicht umgebracht hatte. Trotz allem. Und nach dem Krieg, ein Zufall, da habe man sich, da habe er seine Tochter zufällig in einem Flüchtlingscamp der NATO wiedergetroffen. Eben ein Zufall, aber der glücklichste Moment in seinem Leben. Und viel zu bieten hätte ihm das Leben eh nicht mehr. Er halte es in dieser Minibutze nicht aus. Das sei kein Leben. Aber sicherlich wäre das nur eine Durchgangsstation. Sicherlich würde alles wieder besser werden – so setze er zum Beispiel auf das Import-Export-Geschäft. Das habe Zukunft. Die alte Rein-raus-Nummer des Kapitalismus. (Ivo füllte die Gläser auf, und das Gewitter hatte etwas nachgelassen, ein Fetzen Blau war in der sonst schwarzen Wolkendecke auszumachen.) Immerhin kenne er das ja noch von früher her. Und: Das funktioniere immer. Und immer noch. »Aber letztlich, Alexander, ist das Ficken das einzige, das wirklich zählt.« Ich wusste nicht weshalb, aber ich stieß mit ihm an.

»Hast du schon einmal von einem Mann einen geblasen bekommen?«

Ich sagte: »Nein.«

»Letztlich weiß nur ein Mann, wie man *richtig* mit einem Schwanz umgeht. Dass die Zähne nicht im Weg sind. Wie man das Tempo steuert.«

Ich lachte.

»Alexander, ich liebe dich. Lass uns noch einen trinken.«

Wir tranken.

»Soll ich dir einen blasen?«

Ich schaute ihn an und antwortete: »Nein«.

»Du weißt nicht, was du verpasst.«

»Danke, aber nein.«

»Das musst *du* wissen«, sagte Ivo und fuhr fort, dass er seiner Tochter tatsächlich dankbar sei, da sie ihn jetzt unterstütze, jetzt, unter diesen Umständen, unter seinen doch nicht selbst verschuldeten Lebensumständen, und dass er sich selbst dafür verfluche, dass ihn die eigene Tochter nun unterstützen müsse, und dann wäre da ja noch meine Großmutter, die ihn auch nicht hängen lassen würde. Dass meine Großmutter eben eine wirklich feine, großzügige Person sei und gleichfalls wisse, was sie wolle. Überhaupt sei dies den Frauen zu eigen, dass sie wüssten, was sie wollen und damit die eigentliche Krone der Schöpfung seien, uns, den Männern, überlegen, naturgemäß, mit einer Kraft und Dauer und vor allem einer Leidensfähigkeit ausgestattet, die uns Männer doch allesamt überflügle und überfordere, und letztendlich rühre doch gerade die weibliche Leidens- und Duldungsfähigkeit eben nicht davon, was sie bei der Niederkunft zu ertragen hätten, sondern es gebe vielmehr eine genetische Grundlage dafür, dass sie immer genau wüssten, was sein soll oder sollte oder wie auch immer. Und dabei schaute mich der Ivo fest an.

Ich sagte: »Ja. Vielleicht. Sicherlich. Frauen.«

Das Verhältnis zwischen den Geschlechtern sei deswegen eben genau so, wie es eben sei. Die Ehe sei eine weibliche Erfindung. Sie wollten uns kontrollieren. Und: Sie hätten natürlich recht damit. Weil wir Männer eben *unzuverlässig* seien. Das sei unsere Natur, die Unzuverlässigkeit. In diesem Sinne würden uns die Frauen doch erst mit der Ehe, mit der ehebedingten Bezähmung, die Kultur überhaupt erst beibringen. Also, dem gewöhnlichen Mann. Aber auch der Mann könne sich emanzipieren. Emanzipieren, indem er sich eben nicht darauf einlasse, auf die Ehe. Indem er auf Anleihe lebe, so viele Frauen wie möglich flachzulegen versuche – nicht etwa deswegen, um sie flachzulegen, sondern um aus ihrer Unterschiedlichkeit (die letztlich in eins falle, nämlich in einem höheren Ziel kulminiere (welches, das sagte er nicht)) zu lernen. Das sei emanzipiert und parasitär zugleich und überhaupt gar nicht anders denkbar, dächte man nur einmal darüber nach, genauso, wie die Frauen eben nicht wirklich wüssten, trotz allem nicht wirklich wüssten, wie man richtig mit einem Schwanz umzugehen hätte. Die Zusammenhänge wollten mir nicht recht einleuchten.

»Wenn du möchtest, dann blas ich dir einen.«
»Danke, kein Bedarf.«

Plötzlich durchflutete goldenes Sonnenlicht die Wohnküche, zeichnete den austeigenden Zigarettenrauch klar in die Luft und leuchtete Ivos Gesicht vollständig aus. Ivo musste blinzeln. Die Sonne hatte das blaue Wolkenloch durchstoßen, diesen winzigen Riss im Gewitterhimmel, aber das Gewitter ließ sich davon wenig beeindrucken und machte weiter wie zuvor, nur im goldenen Glanz.

»Wenn du dir von einem Mann keinen blasen lässt, dann weißt du gar nicht, was Blasen überhaupt ist.«

»Mag ja sein.«

»Glaub mir, das ist das beste, was man bekommen kann.«

»Ivo ...«

»Ich liebe dich wirklich, Alexander.«

»Nimm's mir bitte nicht übel, aber –«

Es klingelte. Ein dicker Mann stand plötzlich im Raum. Er hatte eine Halbglatze und vier Dosen Bier in seinen Händen. Von seiner Hose baumelten die Hosenträger herab, über seinen Bauch spannte sich ein verdrecktes Unterhemd, aus dem oben die weißen Brusthaare quollen. Der Mann kratzte sich die unrasierte Wange und Ivo stellte uns vor.

»Lucijan, mein Nachbar.«

Der Nachbar grunzte, reichte mir ein Bier und setzte sich zu uns.

Ich sagte, dass ich nun gehen wolle, die Großmutter warte sicher schon, ob Ivo mir nicht ein Taxi rufen könnte. Ivo antwortete, dass ich doch noch etwas bleiben solle, jetzt, wo es so nett wäre, und außerdem sollte ich doch seinen Nachbarn kennenlernen, einen berühmten Helden aus dem Krieg. Ich überlegte, wie ich aus der Wohnung kommen könnte, aber der Nachbar und der Ivo versperrten mit ihren Stühlen den Weg. Ivo schien seinem Nachbarn das eben Gesagte zu übersetzen, der Nachbar lachte und nickte, und der Ivo zauberte ein drittes Glas hervor und schenkte Schnaps ein.

Wir tranken.

Der Nachbar sprach keine Fremdsprache, Ivo übersetzte dann und wann und schenkte sonst die Gläser nach. Irgendwann war die Flasche Schnaps leer und behände öffnete der Ivo eine weitere. Dann vergaß er das Übersetzen für seinen Nachbarn und hob dafür mit einem Lamento über sein Leben und sein Schicksal und seine momentane Situation im Allgemeinen und im ganz Besonderen an, dabei wurde er immer lauter, dann wieder leiser, stockte manchmal, fuhr dann aber nur umso lauter fort, was den Nachbarn sichtlich nicht störte, denn dieser schlief alsbald einfach mit aufgestützten Armen an seinem Platz ein, aber immerhin sprach Ivo jetzt nicht mehr davon, mir einen blasen zu wollen, dafür wiederholte ich meinen Wunsch, nun zurück ins Hotel zu wollen, fand jedoch kein Gehör, denn es gab Wichtigeres zu besprechen oder vielmehr zu berichten, für Ivo, den ich aufgrund des Schnapses und wegen dem Geschnarche des Nachbarn immer schlechter verstand und inhaltlich nicht mehr folgen konnte, der sich aber nicht bremsen ließ in seinem Wortfluss, von dem ich nur noch einzelne Sätze aufschnappen konnte und nur noch verstand, dass er jetzt eben wohl über die Politik schimpfte und darüber, dass hier alle immer denken würden, gar keine Kultur zu besitzen, dass alle hier Monster und Bestien seien, wegen dieses Krieges, und plötzlich brüllte er: »Weißt du was, von wegen Europa und alter Kultur und Tradition und so, der ganze Humanismus und die Renaissance und so weiter, dieser ganze Scheiß – von hier aus kann ich auf den Stiefelabsatz Italiens spucken (dabei deutete er mit dem Zeigefinger raus aufs Meer, raus ins wieder sonnenlose Gewitter). Von hier spucke ich auf den Stiefelabsatz Italiens!«, und er fuhr fort, dass man doch auch seine Tragödie sehen müsse, sein ganz individuelles Schicksal. Ob das denn nicht zähle, nichts zähle, nichts wert sei. Meine Großmutter würde ihn da verstehen, hätte sich immer rührend um ihn gekümmert mit ihren Care-Paketen, mit dem entkoffeinierten Nescafé und mit – und dass er immer ein Familienmensch gewesen sei. Er fragte mich, ob ich wisse, wieso. »Nein«, sagte ich. Und er sagte: »Wenn es auch nur einer wagen sollte, meiner Ivica das Herz zu brechen, dann bringe ich ihn um. Und wenn es das letzte ist, das ich tue!« Dann fing er wieder von vorne an, fing wieder damit an, dass er mir einen blasen wollte, dass das nur ein Mann richtig könne, dass er das selbst erst ja auch nicht gewollt habe, aber ein guter Freund habe ihn überredet, und manchmal müsse man sich eben überreden lassen und so weiter und so fort. Ich hörte nicht mehr zu. Ich wollte nur noch weg. Seine sogenannte individuelle Geschichte und seine Lebensansichten interessierten mich einen Scheiß. Seine ganze dämliche Biografie. Die Care-Pakete, der entkoffeinierte Nescafé, seine Bypassoperationen, der Krieg. Es interessierte mich einen Scheiß. Jetzt. Plötzlich. Besoffen am Küchentisch, dem Resopalküchentisch, mit dem eingeschlafenen Nachbarn (schnarchend, glücklich und zufrieden oder vielleicht auch nur ohnmächtig schlafend, traumlos schnarchend in seinem fleckigen Unterhemd, ausgebeult vom Bauch, dem Bierbauch, vom Bauchfett, vom Ranzen, dem Schweinebauch, den die Armut und der Alkohol gut gemästet hatte), den Kopf auf die Unterarme gestützt (übereinandergeschlagen, gekreuzigt, Ave Maria), während sich das Gewitter hinter mir, in meinem Rücken hinter der Glasscheibe entlud, den Regen prasseln ließ, die fetten Tropfen vom Wind gegen das Fensterglas, die Fenstergläser peitschte, prasselnd, zerplatzend, abrutschend, zerrinnend, die Tropfen, Rinnsale bildend, immer wieder unterbrochen, zerschossen, durchlöchert vom Prasseln neuer, anderer, mutigerer, aggressiverer Regentropfen, von den grauen Regenbändern aus Millionen von Tropfen, jeder für sich prasselnd, einer nach dem anderen in ungeheurer Masse herunterprasselnd. Ein Rausch. Eine bewusstlose Verschwendung. Auf den eingeschlafenen und schnarchenden Nachbarn und den Ivo mir gegenüber am Resopalküchentisch, da schiss ich drauf, ich schiss auf Ivos sogenannte individuelle Geschichte, sein Leid, seine Verzweiflung, sein Leben, obwohl er davon gar nicht mehr erzählte, er erzählte nur davon, wie gern er mir einen blasen wollte und nicht verstehen konnte, dass ich das nicht verstand und auch nicht verstehen wollte, und von dieser Stelle an drehte sich alles im Kreis, in Ivos Wunsch, in seiner Argumentation, in meinem Kopf und in meinem Körper, der Schnaps stieß mir sauer auf, ich musste hier raus. Ich sagte wieder, dass ich ein Taxi wollte, dass ich zurück ins Hotel wollte, aber auch dieser Wunsch drehte sich im Kreis, schien nichts zu fruchten, es wurde nicht darauf eingegangen. Er sagte nur, er hoffe auf seine Zukunft im Import-Export-Geschäft …

Und irgendwann stand ich doch auf der Straße. Der Donner grollte, die Blitze zuckten. Der Regen durchnässte mich. Der Wind peitschte. Ich steckte mir zwei Finger in den Hals, erbrach mich hinter einem Oleander und fing mir ein Taxi.

Der Hotelconcierge musterte mich irritiert und teilte mir mit, dass mich die feine alte Dame bereits sehnsüchtig mit Maria auf ihrem Zimmer erwarte.

Ich duschte, putzte mir die Zähne, zog frische Klamotten an und versuchte nüchtern zu wirken.

Die Kontakte gaben es her, und irgendwie, vielleicht sogar verständlicherweise, war das Vertrauen in die Schulmedizin abhanden gekommen, oder sie war einfach dem auch hier herrschenden sozialen Druck und der unterstellten finanziellen Potenz (ebenfalls eine Art Druck, aber für sie ein schmeichelhafter) erlegen, und deshalb wurde dieser Mann bestellt, berufen, verpflichtet und eingekauft, das Wunder zu tun, das Wunder am Knie, das innen wund und außen geschwollen, kaum beweglich war, das Knie, das sie immobil machte, durch das Wundwasser verdickt, das Gelenk also geschwollen, irreparabel aus sich selbst heraus, und nur ein Wunder könnte … oder eine Operation, ein künstliches Kniegelenk, aber wer wollte das, wer würde das Risiko tragen, sie jedenfalls nicht, nein, keinesfalls, und so stand nun der gutgewachsene Mann mit hängenden Schultern und akkurat getrimmtem Bart vor der alten Dame und sprach in seiner Sprache, einer Sprache, die von Maria vielleicht zumindest dem Wort, aber nicht dem Inhalt nach verstanden werden konnte, er berührte das Knie und draußen war das Gewitter verzogen, hatte sich in Luft aufgelöst, sangen die Vögel, man konnte ab und an eine Möwe kreischen hören, die Wellen klatschten an den Strand und es war acht Uhr abends, er befühlte also das Knie und sprach dazu, dann beugte er sich hinab und begann einen leisen Singsang, in welcher Sprache: Ich war mir nicht mehr sicher, ich wusste es nicht. Er beträufelte das Knie mit einer Flüssigkeit, einer durchsichtigen Essenz, einem Fluidum, dessen Zusammensetzung nur er und vielleicht seine Vorfahren aus Tradition, ein Heilmittel aus einer unbekannten Schule, kannten. Dann rieb er das Knie ein und massierte das Knie, und dabei sang er und hörte mit seinem Gesang nach für mich nicht nachvollziehbaren Tönen und Rhythmen wieder auf, nur um ebenso seltsam und unvermittelt wieder damit anzufangen. Wie lange hat das gedauert? Eine halbe Stunde vielleicht? Als er fertig war, beendet hatte, was auch immer das war, was er tat oder getan hatte, aber als das, was er tat, für ihn beendet war, schüttelte er für längere Zeit seine Finger, dann seine Hände und schließlich seine Arme aus und griff, ohne es zu berühren, zum Knie der alten Dame, dort schien er etwas zu schnappen, wegzureißen, auszureißen, ohne es zu berühren, um es dann wegzuwerfen – und er warf es weg, ein, zwei, drei, vier, fünf Mal, und dann ließ er seine Hände, beide Hände über dem Knie kreisen, kreisen, ohne das Knie zu berühren, er kreiste mit Schwung, mit viel Energie, energetisch, heftig, fast ruckartig, als wolle er etwas versiegeln, wegdrücken, einen Stau stemmen, eindrückendes Wasser zurückdrängen, dazu sang er einen Singsang, seinen Singsang, aber einen anderen Singsang als zuvor, eine andere Beschwörung, einen anderen Zauber mit anderem Rhythmus, leise, anschwellend, zu den Kreisbewegungen der Hände über dem Knie, das dabei nicht berührt wurde, aber so dicht, dass man dachte, ich dachte, er berühre das Knie, das geschwollene, schulmedizinisch nicht wiederherzustellende, nur operativ zu richtende Knie, und dann, mit einer immer schneller werdenden Bewegung der Hände, mit ansteigendem, anschwellendem und immer lauter werdendem Gesang war es plötzlich und abrupt vorbei, der Singsang war zu Ende, die Hände ruhig und in die Taschen der Cordhose gesteckt, grinsend stand er da, Schweißperlen auf der Stirn.

Die alte Dame lächelte, erschöpft, und Maria lächelte, und Frau Dresenkamp gab dem Mann eintausend Mark, und der Mann versprach, in zwei Tagen wieder vorbeizukommen.

»Und, wie war's mit Ivo?« Ich antwortete: »Schön«, und die alte Dame sah mich fragend, aber auch glücklich, ja, vielleicht einfach glücklich fragend an, als wolle sie mehr wissen, mehr teilhaben, mehr von dem genießen können, was sie mir ermöglicht hatte, und mich teilhaben lassen an ihren schönen Gedanken, wenn sie an den Ivo dachte, dieses Privileg, an dem mich meine Großmutter teilhaben ließ, und sicher: Ich wollte sie nicht enttäuschen und überbrückte die entstandene Pause mit: »Er war sehr nett ... ja, nett. Das ist ein wahrer Gentleman!«, und dabei funkelten ihre Augen. Sie versuchte ihren Oberkörper etwas zurechtzurücken, vielleicht aus Verlegenheit, sicherlich aber aus einer weiterführenden Erwartungshaltung heraus, mir gegenüber, in Erwartung der Anteilnahme – und vielleicht sogar des Verständnisses. Ich sagte: »Er zeigte mir die Stadt, erzählte mir von der Geschichte ...«, und dann hing der Satz in der Luft, die so schön nach Salz roch, vermischt mit dem Duft ätherischer Öle, mit denen Frau Dresenkamp das Knie der Großmutter eingerieben hatte, und die feine alte Dame sagte:

»Ja. Ja.« Aber ich dachte nun an das Knie, kam nicht los von dem Knie, dem kaputten Knie, eingerieben von Frau Dresenkamp nach den Anweisungen des Wunderheilers, eingerieben von der Person, die sich so gewissenhaft versucht hatte, einen Altersfleck auf dem Handrücken mit dem Daumennagel wegzureiben, gewissenhaft, penibel, sauber, ordentlich, anstelle einer Operation. Und so lastete der Blick meiner Großmutter wieder auf mir, freundlich, fordernd, aber ich schaute raus, raus aus dem Fenster, und ergänzte: »Und später gingen wir zu ihm, und er erzählte von seinem Leben, dem Krieg, Sarajevo ...« »Ach, wenn ich jünger wäre, nur etwas jünger«, und dabei klopfte sie aufs Betttuch, das ihr bis kurz unter die Schultern reichte, »nur noch einmal«, sagte sie und strich das Betttuch wieder glatt – und ich sagte: »Ja, Oma. Ja.«
Pause.
Reden ist Schweigen, Silber ist Gold.
Pause.
»Du willst doch sicher noch was unternehmen, heute. Vielleicht an die Bar gehen. Sind ja interessante Leute hier. Frau Dresenkamp?«
Frau Dresenkamp kam.
»Geben Sie mir doch bitte meine Handtasche.«
Frau Dresenkamp gab der alten Dame, die durchaus fröhlich, ja sogar befriedigt wirkte, ihre Handtasche, und aus der Handtasche holte meine Großmutter ihren Geldbeutel hervor und gab mir etwas mehr als etwas Geld, weil ich die Prüfung bestanden, das Gefühl, *ihr* Gefühl gegenüber Ivo verstanden zu haben schien. Ich nahm die bunten Geldscheine, setzte ein Lächeln auf und ließ noch einige Genesungswünsche ihr gegenüber und einige positive Bemerkungen ob des Wunderheilers verlauten (und: »Da kannst du Maria dankbar sein.« Und sie: »Ja. Ja. Sicher. Sicher.« Und Maria nickte, fast etwas beschämt, fast ablehnend – eine Selbstverständlichkeit. Was tut man nicht

alles, um die Placebos wirksam werden zu lassen. Zumindest ihnen nicht schon von vorneherein ihre Wirkung abzusprechen und jegliche Heilungsprozessüberzeugung verbal unmöglich zu machen. Was geht mich der Hokuspokus an, aber der Glaube, ja, der Glaube versetzt bekanntlich …), dann wünschte ich der feinen alten Dame einen guten Schlaf und nochmals baldige Genesung und ging, wie befohlen, zur Hotelbar.

Ein langer Gang führte von der Rezeption und der Lobby hin zur Hotelbar, ein Wegweiser hinter dem Portier gab darüber Auskunft, und auch: zum Schwimmbad, zum Fitnessraum, zur Sauna, zur Terrasse, zum Restaurant, zum Lift, zum Meer (goldfunkelndes Messing, schwarze Schrift, eingraviert und ausgefüllt mit Farbe, teils brüchig, herausgebrochen; die Messingschilder erinnerten an Kanzleischilder, Schilder von und für Arztpraxen, von und für Steuerberater usw.). Ich schritt über einen dunkelbraunen Teppich, und der lange Gang (nur schwach beleuchtet, Oberlichtbeleuchtung, die das Dunkel nicht zu durchdringen vermochte, sondern bestenfalls ein schummriges Licht erzeugte), der viel zu lange Gang, wirkte auf mich wie ein Geburtskanal, als wäre das Durchmessen des Ganges ein Äquivalent zum zeitraubenden In-die-Welt-hinaus-gepresst-Werden, alles in allem ein Fehler seiner Architekten, seiner sozialistischen Schöpfer, eine Fehlkonstruktion: breit, lang und dunkel, ohne Türen – früher einmal Zeichen einer neuen Zeit und jetzt Zeichen der Geschichte des Hotels, dieses betongewordenen Monsters sozialistischer Architekturfantasie, dem Altersheim der feinen alten Dame gar nicht unähnlich. Vor einiger (aber relativ kurzer) Zeit hatte die Hoteldirektion den Gang, vielleicht in der Absicht ihn aufzuhübschen, in eine Fotogalerie verwandelt, in ein dem Hotel eigenes Dokumentationszentrum: schlecht beleuchtete Schwarzweiß-Fotografien des Hotelbaus (auf denen auch Arbeiter zu sehen waren, sicherlich auch Ingenieure und

Parteifunktionäre, aber auch eine auffallende Anzahl asiatischer Personen oder Arbeiter oder Ingenieure oder Parteifunktionäre, was mich durchaus verwunderte (Aufbauhilfe des sozialistischen Bruderstaates China? Wie sozialistisch war Jugoslawien eigentlich gewesen? Und wie sozialistisch war China gewesen, damals? Was ist Sozialismus überhaupt?) Immerhin, so viel wusste ich: Der Adriatourismus hatte, ähnlich dem bulgarischen Schwarzmeertourismus (Rumänien schien dabei immer schon verloren zu haben – wer weiß schon, dass Rumänien am Schwarzen Meer liegt, außer den Rumänen selbst? Oder wie der letzte sozialistische Führer des Landes hieß (der gemeinsam mit seiner Gattin erschossen und im Moment seines Todes mit ihr wohl in trauter Eintracht – oder doch in einer Zwangsgemeinschaft? – vor einer unfreiwilligen oder zumindest nicht bedachten Konsequenz seines Handelns gestanden war, und die beiden, jetzt nicht mehr die sprichwörtlichen Maden im Speck, die sich jeder für sich selbst jahrelang vollgestopft hatten, sondern nun im Angesicht der Konsequenz ihres Handelns an einem dünnen Lebensfaden hängend, vor einer nur rudimentär verputzen Wand (nicht nur dieser Winter hatte an seinem Putz genagt, der Frost ihn abgesprengt, sondern auch die vorangegangenen: sozialistische Schlamperei, Mangelwirtschaft? Ununterscheidbar.) standen und eben nicht mehr im Speck sitzend und fressend, sondern ihren eigenen fetten Speck umklammernd, aber der hing, der Speck – und das hätten die beiden vorher wissen können – an einem dünnen Faden, und der dünne Faden sollte durchtrennt werden (ihre Körper sollten perforiert werden, vor der Wand stehend, dann in sich zusammensackend, füsiliert (25.12.1989, Weihnachten)), vor laufenden Fernsehkameras, eine weihnachtliche Beweisführung, und eine revolutionäre dazu: »Unter dem Fallbeil sind alle gleich!« (oder: »Für jeden reicht die gleiche Anzahl Kugeln!« (aber für alle reichen die Kugeln nicht – das ist jedoch eine andere Geschichte, die Geschichte eines Landes, das durch einen verlorenen Krieg reich wurde); »Wenn man in einen Menschen hineinschießt, dann blutet er!« – gelebte Demokratie, jeder Schuss ein Treffer, wenn es nicht die Falschen trifft) – und natürlich waren die Revolutionäre im Recht, Frohes Fest!). Wie also der letzte sozialistische Führer Rumäniens hieß, wusste man, wenn man in den 1980ern großgeworden war, allenfalls durch damals übliche Verabschiedungsfloskeln wie »Tschö mit Ö«, »Schalom mit Om« oder eben: Tschautschesku, also Ceaușescu – oder man wusste es nicht und plapperte es zum Abschied einfach daher), der Adriatourismus hatte also, ähnlich dem bulgarischen Schwarzmeertourismus (ich hatte eine Bekannte (ein hübsches Mädchen mit langen roten Haaren, die – wie das bei Rothaarigen der Fall ist – nur wenige Haare hatte, und diese wenigen, wenn auch langen Haare scheitelte sie in der Mitte und band sie hinten zu einem Pferdeschwanz. Dort, wo sie das Haar scheitelte, sah es aus, als habe sie zu wenig Haare, als litte sie unter Haarausfall, aber sie litt nicht unter Haarausfall, sie hatte nur eben weniger Haare, dafür aber, dem Hauttyp entsprechend, hatte sie Sommersprossen, die ihr ein entzückendes Aussehen gaben. Ich hatte mich nicht anstrengen müssen, mich in sie zu verlieben, doch, wie das so ist, mochte sie mich nur als Freund – und das Entlieben kostete mich mehr Kraft, war eine Willensanstrengung, um zumindest die Freundschaft (was für ein verrückter Gedanke!) zu retten), deren Eltern in den 1970ern ihre Hochzeitsreise am Goldstrand in Bulgarien verbracht hatten – nein, die Eltern waren nicht Mitglieder der Kommunistischen Partei Deutschlands gewesen, auch nicht in der APO aktiv, wählten später, in den 80ern nicht mal Grün; nur war ihr Vater (er arbeitete bei Siemens) in der Gewerkschaft) – ja, Adria- und Schwarzmeertourismus hatten durchaus signifikant zum Bruttoinlandsprodukt beigetragen (Rumänien, wie gesagt, davon ausgenommen – das kann ja jedem mal brasilien), diese Länder (Bulgarien und Jugoslawien) galten, vielleicht auch und gerade der Notwendigkeit wegen, Devisen zu beschaffen (außer man hält es wie seinerzeit die DDR und verkauft seine Bürger an die BRD, lässt seine auffälligen (im Sinne des Systems) und ausreisewilligen Bürger von der BRD freikaufen, um sich Devisen zu beschaffen (wie viel war ein DDR-Bürger wert?)), als liberal oder zumindest als freizügiger, zumindest Jugoslawien (ich meinte mich zu erinnern, dass mir eine Kommilitonin (nicht sonderlich attraktiv, eher etwas verwachsen, aber dafür kann keiner etwas, man muss ja nicht hinsehen) bei einer Studentenparty erzählt hatte, dass ihre Eltern aus Jugoslawien stammen würden, aber ich hatte nicht nachgefragt, wie und wann sie in die BRD gekommen waren, es hatte mich nicht interessiert auf der Party). Ich glaubte mich also zu erinnern, dass zumindest Jugoslawien als etwas liberaler gegolten hatte, aber sicher war ich mir nicht), und nach den Fotografien des Hotelbaus dann einige wenige des Hotelbetriebs, lachende Gesichter, Postkartengesichter, leicht ausgeblichene Fotografien und Postkartenfotos (minderer Qualität, allesamt) vom Hotel, vom Hotelstrand (ein Boot liegt am Holzsteg, Möwen darüber im Blau festgeklebt), Hotelterrasse, Buffet, Hotelbar (wo ich hinbefohlen worden war), Schwimmbad, Fitnessraum (alle Farben pastellartig, nicht wegen ihrer Ausgeblichenheit, sondern wohl immer schon bleich, wie nachkoloriert); der Mode der abgebildeten Personen nach aus den 1970ern, vielleicht den frühen 1980ern, und dann, was den Hauptteil, die Hauptattraktion der Ausstellung, der Fotogalerie, ausmachte: Bilder der Hotelkriegsschäden. In einer Reihenfolge, als habe man die Auswahl der Hotelaufnahmen den Bildern mit den Kriegsschäden oder vielmehr die Bilder der Kriegsschäden den vorhandenen Hotelaufnahmen nachempfunden – aber wahrscheinlich hatte die Hoteldirektion, oder wer auch immer dafür zuständig gewesen sein mochte, einfach nach den vorhandenen und verfügbaren Kriegsschädenfotografien die historischen Aufnahmen passend dazu herausgesucht.

Grauenhaft.

Ich hatte noch immer Schlagseite. Easy Listening dudelte aus den Lautsprechern der Hotelbar. Nicht Frank Sinatra, nur der Abklatsch davon, bestenfalls, Fahrstuhlmusik, aber was soll's, dachte ich mir und trank weiter, nachdem ich mich für die Großmutter zusammengerissen hatte, und versuchte nun, ein Gespräch mit einer Dame an der Hotelbar, mit der einzigen Dame an der Hotelbar, mit jener Dame, die sich mit ihrem Gatten gestritten hatte, die Frau von gestern, jetzt alleine, ohne den Ehepartner, den Gatten, an der Bar, aber wieder Erdbeer-Daiquiri trinkend und Slimzigaretten rauchend, etwas verquollen, ihr Zustand war offensichtlich nicht mehr der beste, aber hey, was soll's, wir sind die einzigen Gäste an der Bar, also versuchte ich ein Gespräch, fragte, ob ich mich neben sie setzen dürfe, was sie mir mit einem Nicken gewährte. Und so saßen wir eine Zeitlang ohne zu sprechen. Wir saßen und tranken, jeder für sich. Irgendwann begann sie zu erzählen, von ihrer Ehe, von ihrem Leben, dass sie sich das alles anders vorgestellt habe. Damals. Und ihre Ehe. Jetzt. Natürlich. Geld spiele keine Rolle. Es sei nur –, sagte sie, machte eine Pause, schaute mich an und wechselte das Thema, sprach von ihren Kindern, einem Jungen und einem Mädchen, beide versorgt, wie man so sagt, Privatuniversität, gute Jobaussichten, selbst der Junge, auf den man vorher keinen Penny gesetzt habe, selbst er – Es gäbe, so sagte sie, einen gehörigen Unterschied zwischen psychischer und physischer Gewalt: Die psychische sei grausamer, weil man sie nicht sehen könne, weil man mit ihr alleine sei, nichts herzuzeigen habe. Früher sei sie geritten, habe sogar an Turnieren teilgenommen, erfolgreich, in der Auswahl der Englischen Turnierreitermannschaft. Und dann habe sie ihren Mann kennengelernt. Ein Industrieller. Dabei lachte sie: Was für eine dumme Idee! Und dann werde man alt. Das sei ein Fehler, alt zu werden. Ein Systemfehler. Ich sagte, dass mein Großvater immer gesagt habe: »Alt werden ist schwer« – und mehr habe er nicht dazu gesagt, habe niemals geklagt. Sie fragte, was mein Großvater von Beruf gewesen sei, ich antwortete, dass er Fabrikant gewesen sei, industrielle Schweinemast. Da lachte sie wieder und bekam dieses Mal Schluckauf davon und sagte: »Das ist zumindest etwas ehrliches, Schweine-, Schwein-, Schweinefabrikant.« Ob ich finde, dass sie alt sei? Ich verneinte. Wie alt ich sie denn schätzen würde? Zweiundvierzig, log ich. Sie legte ihren Kopf auf meine Schulter. Nur ein bisschen, es tue ihr gut. Ob es mir guttat? Ich dachte an meine Freundin. In dieser Haltung blieben wir etwas. Zwei, drei, vier, fünf Minuten. Dann sagte sie, sie müsse jetzt auf ihr Zimmer. Und ich sagte: »O.k.« und fragte, ob ich sie einladen dürfe. Natürlich, wenn ich wolle. Sie packte ihre Slimzigaretten in ihre Louis Vuitton-Handtasche, schaute mich noch einmal fest, oder so fest wie es ihr in diesem Augenblick möglich war, an, warf mir einen Kuss zu und ging.

Ich blieb noch eine Weile sitzen und bezahlte dann. Nein, nicht ich, sondern meine feine, liebe alte Dame, Gott sei Dank, der Vater hatte vorgesorgt: Ich ließ anschreiben und mir ein Bier geben und ging an den Strand.

Das Meer schien schwarz und ölig, träge schwankend, wogend, müde und trunken sich am Kieselstrand zu brechen, glucksend abzuebben, Kiesel mit sich fortzuziehen, mit der nächsten Welle neuen Kiesel, feineren vielleicht, wieder ans Ufer heranzutragen, den Kies zermahlend, stetig und unablässig, monoton und unermüdlich rollend, jetzt schwarz nur, die Wellen kaum mehr zu erahnen, eher noch in meiner Vorstellung als in meinem Blick, obwohl ich versuchte, die auf den Kiesstrand zurollenden Wellen in den Blick zu bekommen, versuchte, sie zu fokussieren, doch sie verloren sich in Schemen, denn ich war stockbetrunken. Über mir war der Himmel nach wie vor verhangen, keine Sterne auszumachen, nur schwarzgraue Wolken, der goldene

Mond blass dahinter, mal milchig, mal mit einem kurzen, goldglänzenden Schein zu sehen, wenn die Wolkendecke ein wenig aufriss, letztlich blieb er aber doch nur zu erahnen, denn die schwarzen Wolken rissen nur selten vollständig auf, und so blieb alles einfach dunkel und undurchsichtig. Vielleicht waren es schwere Regenwolken, vielleicht aber auch nur eine ganz normale Wolkendecke, bei Tag strahlend weiß, jetzt eben schwarz, keiner kann etwas dafür, alles ist, wie es eben ist, schwarz in der Nacht, und dazu der Wind, der einem durchs Haar fährt, lautlos, wie eine unsichtbare Kraft und die Wolken vor sich her treibt, sie mit sich führt, hin zum Land und wieder zurück aufs Meer hinaus, wie Ebbe und Flut.

Wind und Ebbe und Flut sind natürliche Phänomene, ganz natürlich und selbstverständlich waren sie da, genauso wie ich nun mit der feinen alten Dame und Frau Dresenkamp hier war, weil der Vater vorgesorgt hatte. Natürlich. Aber hätte er gewollt, dass wir hierher kamen?

Was war das überhaupt für ein Gedanke, fragte ich mich. Ich fühlte mich ertappt, und weil ich mich ertappt fühlte, murmelte ich vor mich hin: »Hätteste nicht gedacht, Opa. Hätteste nicht gedacht« und dachte:

Er hatte schlicht genug finanzielle Mittel hinterlassen, mehr als genug, hatte ein Leben gelebt, das mehr finanziellen Wert geschöpft hatte, als es verbrauchen konnte und wollte, immerhin war er Schwabe gewesen – und dabei musste ich lächeln, stumm und still in mich hinein, wie ich dort mitten in der Nacht am immer noch nicht ganz trockenen Strand, am Hotelkiesstrand saß und mir der Wind, der Wind, der Wind durchs Haar fuhr, weil ich an diesen dämlichen Witz denken musste: »Weißt du wie Schottland entstanden ist? Das wurde von wegen Verschwendungssucht ausgewiesenen Schwaben gegründet ...«

Tja, den Tiermastfabrikanten hatte der Schweinekapitalismus reich gemacht, dachte ich. Er war gestorben, als ich zwölf wurde. Wenige Tage nach meinem zwölften Geburtstag. Kurz vor seinem Tod war er noch einmal bei uns (im ersten seiner beiden gebauten Häuser) zu Besuch gewesen, er hatte sich mühsam aus dem Autobeifahrersitz gequält, einen Blumenstrauß in der Hand und wackelig auf den Beinen – stützen lassen wollte er sich trotzdem nicht –, er wankte mehr auf unsere Haustüre zu als dass er ging, an den Blumen vorbei, einem Blumenbeet in voller Blütenpracht, dicke Hummeln, die von Kelch zu Kelch summten, für die er aber keinen Blick übrig hatte, seine ganze Konzentration war auf die Haustüre, das Erreichen des Eingangs gerichtet, stolz vielleicht, zu stolz, als dass er sich hatte helfen lassen wollen. Ich erinnerte mich nicht mehr daran, wie er die Tür erreichte, da verließ mich die Erinnerung. Ich erinnerte mich nur an sein Aussteigen aus dem Fahrzeug und an seinen Weg, an seine Absicht, die Haustüre zu erreichen, selbstständig zu erreichen, ich erinnerte mich an die Kraft und den Willensaufwand, den ich damals nicht verstand, für den ich kein Verständnis aufbringen konnte, damals, an meinem zwölften Geburtstag. Und dann erinnerte ich noch, dass er kurz darauf, zwei Wochen später vielleicht, im Krankenhaus verstarb, dass er also im Juni verstarb, und dass mir das damals seltsam vorkam, dass Menschen auch im Juni sterben konnten, wo doch alles so grün war, die Blumen blühten und die Bienen eifrig Nektar sammelten: Wie konnte man da einfach sterben? Ich erinnerte mich daran, dass ich nichts mit diesem Sterben anfangen konnte, mit dem Verstorben-Sein, dem Tot-Sein, das ich nicht verstand, das keine Bedeutung hatte, sondern ein leerer Begriff für mich war, der eben nur hieß: Er ist nicht mehr da. Es erforderte nicht einmal eine Nachfrage: Wo ist er hin?, die Antworten hätte provozieren können wie: im Himmel. Er war einfach weg. Und jetzt erinnerte ich mich auch daran, dass, als meine Mutter mir den Tod des Großvaters, ihres Vaters, beibringen wollte (schonend, der Junge ist gerade zwölf geworden), es an einem sonnig heißen

Tag geschehen war, vielleicht an einem Wochenende, sie sagte es mir beim Frühstück auf der Terrasse, als ein Freund von mir, ein etwa gleichaltriges Kind, das Kind von guten Freunden meiner Eltern, bei uns zu Besuch gewesen war, wohl auch übernachtet hatte, und dass wir, der Freund und ich, nachdem ich vom Tod des Großvaters unterrichtet worden war, dass wir einfach nach dem Frühstück ans Spielen gegangen waren, so, wie wir es immer taten und getan hatten, als wäre nichts gewesen.

An die Beerdigung konnte ich mich nicht mehr erinnern.

Was will man machen.

Vielleicht hatte ich diese Erinnerungen an den Großvater auch nur einem Foto zu verdanken. Es zeigt ihn eben an jenem Tag und damit genau jene mir erinnerliche Begebenheit: ein alter Herr mit einem Blumenstrauß in der Hand, kurz hinter ihm ein weißer Mercedes (halb angeschnitten im Bild), darüber ein strahlend blauer Himmel, rechts vorne ein blühendes Blumenbeet, eingefasst von Natursteinen, dahinter das Wirtschaftsgebäude der ehemaligen Schweinemast. Der Großvater lächelt. Er steht schief, aber aufrecht. Eingefroren auf einer Fotografie, einem Ausschnitt – vielleicht füllte ich jetzt den Rest mit meiner Vorstellungskraft, und nicht mit meiner Erinnerung, zu einem Gesamtbild zusammen. (Das Foto stand immer (auch nach dem »Unfall« des Oberschenkelhalsbruchs und der Übersiedlung der feinen alten Dame ins betreute Wohnen des Altersheims) auf dem großen Grundigfarbfernseher. Der Fernseher war werksseitig an den Seiten mit Holzimitat beklebt bzw. ausgestattet: ein Chic, den ich weder damals noch heute verstand – von Design im Wortsinn kann hier keine Rede sein –, aber den Farbfernseher hatte der Großvater noch selbst gekauft. Eben einen Grundig, wie die feine alte Dame zu sagen pflegte, deutsche Wertarbeit aus Nürnberg.)

Auch ohne Foto erinnerte ich mich daran, dass er im Alter wieder gerne Geige gespielt hatte (auf dem Rücken der Geige war ein Jesuskreuz, allerdings ohne Schmerzensmann, eingeschnitzt) und er immer pünktlich um 14 Uhr ein halbstündiges Nickerchen zu machen pflegte. Es ist jedoch nicht auszuschließen, dass mir das vielleicht auch nur erzählt worden ist.

Er war mir durchaus in positiver Erinnerung, auch wenn ich sonst selbst nicht viel mehr wusste, nicht viel mehr aus der eigenen Erfahrung mit ihm wusste, außer, dass er bis ins hohe Alter, wie man so sagt, Tennis gespielt hatte. Und dass er mich, als ich gerade mit dem Tennisspielen angefangen hatte (worin ich es, wie bereits erwähnt, nie zu sonderlichem Erfolg gebracht hatte, immerhin konnte ich den Schläger halten) und als wir ihn im Endstadium seiner Krebserkrankung besuchten – meine Mutter hatte mich zu ihm ins Krankenhaus mitgenommen (Linoleumböden, Geruch von Sauerampfer) –, dass er mich auf dem Krankenbett liegend, tief ins Krankenbett eingesunken daliegend (viel war von ihm, von seiner Person (physisch) nicht mehr geblieben, er war abgemagert, ausgezehrt, schwach, auch seine Stimme war schwach), dass er mich mit seiner schwachen Stimme etwas nuschelnd (alles kostete Kraft, viel Kraft, vieles ging über seine Kraft, sicherlich, aber davon hatte ich keine Ahnung, es war mir nicht klar und keiner hatte es mir klarzumachen versucht (vielleicht hatten sie vergessen, es mir klarzumachen, aber letztendlich: Wozu hat man eigene Augen)), dass er mich fragte, ob ich denn schon platzieren könne.

Ich verstand nicht was er sagte, was er meinte. Ich verstand das Wort nicht, ›platzieren‹. Ich antwortete also weder mit ja noch mit nein, ich schaute nur zu meiner Mutter, und meine Mutter antwortete irgendwas, das ich ebenfalls nicht verstand, aber dieses Mal lag es nicht an den Worten, nicht an deren inhaltlicher Bedeutung – in diesem Moment beschlich mich so etwas wie Scham, als hätte ich ein Anliegen, eine Herzensangelegenheit, nicht beantworten, nicht richtig beantworten, nicht befriedigen können, als hätte ich ein Band zwischen uns zerrissen, einen Test nicht bestanden, versagt.

Es sollten die letzten Worte zwischen uns gewesen sein.
(Draußen, vor dem Krankenhausfenster, zogen im Blau die strahlend weißen Wolken vorbei – an was man sich eben so erinnert.)

Im Übrigen war meine Mutter dann etwas später die letzte, die ihn lebend sah. Sie sprachen noch kurz. Und, so meine Mutter, sie scherzten sogar noch etwas. Nichts war traurig oder belastend. Es war, als *hätte* man einander immer noch, trotz der offensichtlichen Umstände. Dann ging sie. Er starb zwei Stunden oder drei Stunden oder vier Stunden später.

Ich lauschte dem glucksenden Meer, das ich selbst nicht sehen konnte, nur sehen konnte, wie es den Kies aufschwemmte und wegtrug und aufrieb und also tat, was es konnte, das Meer, nachts wie tags, und fragte mich, warum man nachts keine Möwen schreien hörte, dachte: vielleicht, weil es nachts nichts zu sehen gibt, und dass es, wenn man nichts sah, auch keinen Grund zur Beschwerde geben konnte, dass es keine Notwendigkeit gab um aufzuschreien, wenn alles im Dunkel, im Dunkelblau, im Schwarz der Nacht lag. Es gibt keinen Grund sich zu beschweren, wenn du nichts siehst. Wenn nichts ist.

Ich strich mir die Haare aus der Stirn, die Haare lagen in Strähnen, klebten auf der Haut. Es lag wohl am Alkohol.

In der Nacht träumte ich von Goldsäcken. Rohes Leinen, in denen Golddukaten steckten, die den Leinensack prall füllten.

IV

Dampfend stand der Cappuccino vor ihr. »Was für eine wunderbare Nacht!«, sagte die Großmutter. »Das Fenster zur Terrasse war offen, und rein kam die frische Luft, die salzige Luft, die Meerluft. Wunderbar. Von meinem Bett aus konnte ich die Lichter der Fischerboote sehen, und die Wellen gingen ruhig. Und am Morgen – ja, morgens, ob du es glaubst oder nicht, da bin ich durch die Schreie der Möwen wach geworden. Wirklich.« Und ich dachte: Kitsch. Kitsch. Kitsch. Ich hatte die ganze vergangene Nacht über keine Lichter ausmachen können, abgesehen vom Mond ab und an zwischen den Wolken, aber was wusste ich schon, was hatte ich schon gesehen, zumal zu einer anderen Zeit, mutmaßlich, hatte also einfach später am Meer gesessen, zu einer Zeit, zu der sie offensichtlich bereits geschlafen, einen zufriedenen und höchstwahrscheinlich friedlichen oder zumindest versöhnlichen Schlaf (mit sich und der Welt (oder zumindest mit den Umständen)) gehabt hatte – alles natürlich ein Triumpf der Selbstüberwindung, ein unverhofftes Geschenk, jenseits des Alters und ihres Schicksals, ein pures Geschenk: ein glücklicher Schlaf, als habe man seinen Frieden gemacht. Oder, banaler: ein ähnlicher Ort, eine andere Zeit. Mal mit Licht, mal ohne. Dennoch: Irgendwie freute ich mich, ich freute mich für sie, über ihr Glück und ihre Zufriedenheit. Ich freute mich aufrichtig.

Aber zu mir sprach sie nicht. Nicht mir erzählte sie das, und auch nur Frau Dresenkamp in Teilen, sie erzählte es für ein unbestimmtes Publikum. Als Bestätigung und Rückversicherung. Ein als Parlando dargebrachter Triumph, eine Einladung zum Mitfreuen, ein Grund zum Gratulieren. Dargeboten in einem größeren Auditorium. Der Frühstücksraum als Bühne.

Ich überlegte, ob ich eine Verbeugung machen sollte. Vielleicht wäre es eine richtige Entscheidung gewesen, aber die Umstände waren nicht danach.

Das Gesicht der feinen alten Dame leuchtete, die Falten schienen wie weggezaubert und sie übertraf sich bei der Frühstücksaufnahme auch dieses Mal wieder selbst: Rührei, Toast, Schinken, französischer Weichkäse, Ciabatta, Oliven, Salami, etwas Gurke und Schafskäse, Palatschinken mit Erdbeeren und Vanilleeis und ein Paar kernlose Trauben sowie zum Abschluss ein Himbeerjoghurt. Und während sie diese Liste frühstückend abarbeitete, beinahe verschlang und genüsslich dabei kaute, erzählte sie schmatzend, dass sie und ihr Bruder während des Ersten Weltkriegs bei den Großeltern mütterlicherseits untergebracht gewesen waren. Nette Leute. Er, der Großvater, feist und kräftig, rosarote Haut, pausbäckig und gemütlich, lachte gerne. »Und ich und mein Bruder, wir durften dort immer spielen, überall in ihrem großen Haus. Die Großeltern verkauften ihre Wurst bis nach Wien, als Spezialität.« Ich hatte nicht gewusst, dass bereits meine Ururgroßeltern im Fleisch- und Wurstbusiness tätig gewesen waren. »Doch! Und der Großvater war Fleischer in der dritten Generation. Wusstest du das nicht?« »Nein ...« »Der Vater war derweil als Ingenieur im Krieg, im Osmanischen Reich. Ingenieure konnte man nämlich immer brauchen, gerade während des Ersten Weltkrieges, wegen der Eisenbahn, die bis nach Bagdad gebaut wurde, und er hat daran mitgebaut (Ich fragte mich, wann diese Eisenbahnstrecke wohl gebaut worden war und meinte mich zu erinnern (was vielleicht auch nur an Agatha Christie liegen mochte (»Mord im Orientexpress«)), dass die Eisenbahnlinie bereits vor dem Ersten Weltkrieg gebaut und vollendet worden war, dass sie also bestenfalls während des Krieges aus Gründen der Nachschubversorgung weiter instand gehalten, gegen Sabotageakte geschützt und verteidigt werden musste, dass der Urgroßvater die Bahnlinie also nur mit instand gehalten hatte, weil sie eben schon längst gebaut gewesen war – aber ich wusste nicht einmal, ob der Erste Weltkrieg tatsächlich so weit im Süden geführt worden war (hatte der Weltkrieg in der Welt überhaupt einen Grenze gefunden?), ich wusste nicht einmal, ob der Urgroßvater vielleicht nur bis zum Osmanischen Reich gekommen war, weil dahinter die unbekannte Welt, der Orient, begann, und überhaupt: Wie groß war das Osmanische Reich damals überhaupt gewesen? An welche Grenzen war er, der Urgroßvater also gekommen? Fragen über Fragen, dachte ich, und für einen kurzen Moment wurde die feine alte Dame nostalgisch. Ich wusste nicht einmal, wie ihr Vater mit Vornamen geheißen hatte. Auch die Namen ihrer Großeltern, meiner Ururgroßeltern, nannte sie nicht. Sie waren ihr trotz der zeitlichen Distanz noch so vertraut, dass es keiner Namen bedurfte – sie schienen nach wie vor eine Selbstverständlichkeit.

Ich bestellte mir Eier mit Speck und versuchte mich mit drei Tassen Filterkaffee aus der neben dem Früchtekorb auf dem Frühstückstisch stehenden verchromten Thermoskanne wieder auf die Beine zu bringen. Frau Dresenkamp hielt an ihrer mediterranen Diät fest, sagte nichts und aß still und stumm.

Ich fragte die feine alte Dame nach ihrem Knie. Sie nestelte zufrieden an ihrem silbernen Hampelmann und sagte: »Gut. Ausgezeichnet.« Maria sei heute früh schon kurz bei ihr gewesen um ihr mitzuteilen, dass der Medizinmann (sie bezeichnete tatsächlich plötzlich den Wunderheiler als »Medizinmann«) heute Nachmittag noch einmal vorbeikommen wolle. »Zur Nachsorge.« Und dass sich das alles ganz wunderbar füge, sei sie doch nach dem Frühstück mit dem Ivo verabredet und der Besuch des Medizinmannes schließe sich exakt nahtlos daran an – was für ein wunderbarer Zufall das doch alles überhaupt sei! Mit dem Ivo gelte es nun eben noch wichtige Dinge zu besprechen. Gerade wenn man sich doch persönlich sehe und endlich nicht mehr über das Telefon kommunizieren müsse, und dann fragte mich die feine alte Dame, ob ich nicht gleich mit der ältesten Tochter Marias zum Tennisspielen verabredet sei, dass sich auch das ja wunderbar füge, hätte ich doch so auch etwas zu tun, nur zu lernen sei sicher nicht das Richtige, schließlich seien wir im Urlaub und deswegen sollte ich, ja, deswegen täte es mir doch eben gerade auch gut, einmal etwas anderes zu tun. Darüber hinaus sei es jetzt an der Zeit, sie müsse sich verabschieden: »Frau Dresenkamp, lassen Sie uns gehen!«, schließlich müsse sie sich für den Ivo noch auffrischen. Auch ich sagte, wie gut sich das alles treffe und füge. Wunderbar. Und ergänzte: »Bitte grüß mir doch den Ivo recht herzlich!«

»Selbstverständlich!«, sagte die feine alte Dame und zwinkerte mir dabei vertraulich zu. Wieder einmal.

Ein Freund erzählte mir einmal folgende Geschichte: Die attische Flotte wurde in einer aussichtslosen Seeschlacht von einem großen Schiff angeführt, das, obwohl die Attiker wider Erwarten die Seeschlacht gewonnen hatten, als einziges (der Rest der Flotte war nach dem Seegefecht Opfer eines Sturms geworden) wieder im Heimathafen eingelaufen war. Die Seeschlacht etablierte die Seehoheit Attikas. Das Schiff wurde ihnen also heilig, und so ließen sie es fest vertäut im Hafen. Über die Zeit mussten zur Erhaltung der Schwimmfähigkeit naturgemäß nach und nach einzelne Teile des Schiffes ausgetauscht werden: Planken, Taue, Segel usw. Aber da das Schiff heilig war, durfte auch nichts weggeworfen werden. So stapelten sich die ausgetauschten Teile über die Jahrzehnte zu einem ansehnlichen Haufen, bis man feststellte, dass man aus den ausgetauschten Teilen nun wieder ein vollständiges Schiff, ja, tatsächlich das gleiche Schiff noch einmal aufbauen könnte. Das führte zu großen Irritationen, denn: Welches war denn nun das originale Schiff? Das, welches im Hafen fest vor Anker lag, oder das, welches als Haufen am Ufer verweilte? Viele entschieden sich dafür, dass es der Schrotthaufen an Land sein müsse, schließlich handele es sich dabei um das tatsächlich ursprüngliche (wenn auch in der Summe nicht mehr seetüchtige) Schiff. Andere fragten daraufhin, ab wann denn das ursprüngliche Schiff im Hafen dann aufgehört habe, das eigentliche Schiff zu sein?

Alle standen sie vor einem Rätsel.

Sie versuchten sich zu einigen, aber es kam zum Streit. Auch der versöhnliche Kompromissvorschlag des Areopag, es handle sich um zwei identische Originale, konnte keinen Frieden stiften. So blieb ihnen nichts anderes übrig, als beide Schiffe zu vernichten.

In meinem Studium wurde mir dann erzählt, dass die Zellen eines biologischen Körpers mit der Zeit nach und nach absterben, aber immer wieder restlos ersetzt werden würden. Vielmehr: Das erzählten sich die Studenten. Die Professoren wiesen uns dann darauf hin, dass sich zwar die meisten Zellen neu bilden könnten, aber eben nicht die Nerven-, Herzmuskel-, Fett- und Eizellen. Wir sollten uns deswegen also keine Fragen über unsere Identität stellen, letztlich bliebe ja immerhin *etwas* beim Alten, und das sei doch schließlich sicherlich mehr als genug.

Wie auch immer.

Möglicherweise hatten die Professoren recht. Zur verabredeten Zeit stand ich auf dem Tennisplatz des Hotels – und das Hotel stellte auch den Tennisschläger und die Tennisschuhe. Natürlich: das beste Hotel am Platz. Gott sei Dank! Der Vater hatte vorgesorgt. Ich saß auf der Hoteltennisplatzbank und verfluchte mich: Wie und wieso hatte ich mich darauf eingelassen? Und wozu spielte man überhaupt Tennis? Ich wusste es nicht mehr. Konnte mich nicht erinnern. Hatte es vergessen. Ich saß auf der Bank, wartete und schwitzte, schwitze schon, ohne mich überhaupt zu bewegen, einfach so, auf der Hoteltennisplatzparkbank, abgestellt und sitzen gelassen, im vormittäglichen, prallen Sonnenschein, vergessen und schwitzend, als wäre es mein Bedürfnis, meine ureigenste Absicht gewesen – und ließ mich, während ich schwitzte, von einigen Möwen auslachen.

Schließlich kam sie dann doch, Anne, bevor ich völlig zerflossen war, die älteste Tochter Marias, und natürlich war sie voll ausgerüstet: weißes Tennisröckchen, weißes T-Shirt, weiße Turnschuhe, weiße Schweißbänder, weißes Stirnband und mit einem akkurat nach hinten gebunden Pferdeschwanz (zusammengehalten von einem (wie hätte es anders sein können) weißen Haarband). Ja, ich wusste, was sie sah: Ich war in einem räudigen, einem durch und durch desolaten, einem versoffenen Zustand. Ich wischte mir den Schweiß von der Stirn und streckte ihr zum Hallo (wozu ich natürlich aufstand) die Hand entgegen, die sie, so schien es mir – und ich konnte es ihr nicht verdenken – nur widerwillig entgegenzunehmen schien. Sicherlich, wir Mediziner (ich zählte mich munter dazu, auch als Student) haben einen Ruf weg, beinahe ebenso wie die Juristen und beinahe ebenso international: Allesamt sind wir Alkoholiker, gehört das Trinken zur Berufsauffassung und zur Berufskultur, wobei wir, da wir einer anderen sozialen Schicht (einer sogenannten besseren Schicht) angehören und damit eben nicht in den Tag hinein tranken, sondern eine sinnvolle, gemeinnützige (hier beziehe ich gerne die Schönheitschirurgie mit ein) Arbeit verrichten, da wir also naturgemäß nicht asozial sind (Ausnahmen bestätigen nur ... Sie wissen schon), weswegen wir genauso wie wir eine Berufskultur eben auch eine sogenannte Trinkkultur besitzen. Immerhin. Und nichts weniger. Ich hatte Mühe, mich aufrecht zu halten. Kreislaufprobleme.

Anne zeigte mir eine goldglänzende Münze, ließ mich eine Münzseite wählen, warf die Münze in die Höhe, sie drehte sich langsam im Flug, die Sonne brach sich auf den blanken Münzseiten, erzeugte Lichtreflexe, die über unsere Gesichter und den Platz huschten, Anne fing die Münze mit der einen Hand und schlug sie klatschend auf den Rücken der anderen. Dann zog sie, als habe sie ein großes Geheimnis zu offenbaren, die eine Hand langsam vom Rücken der anderen, so, dass die Münze beinahe wie hinter einem Vorhang, der langsam zur Seite gezogen wird, zum Vorschein kam, golden funkelnd. Ich verstand nicht wirklich, was da geschah, obwohl es ja nur wenig zu verstehen oder misszuverstehen geben konnte. Ich versuchte es mit einem Lächeln, auch um ihrem fragenden Blick zu entgehen (und gleichzeitig standzuhalten), aber auch um (scheinbar) das Ritual der Platzwahl (oder ging es darum, wer den ersten Aufschlag haben sollte?) zu goutieren und zu bestätigen. Wie gesagt: Mit einem Lächeln. Anne lächelte nicht, sondern ging zu einer Platzhälfte, die sie als die Ihre zu verstehen schien.

Eigentlich hatte ich sie eben noch fragen wollen, wie das Tennisturnier gegen die Engländer ausgegangen sei, und ein bisschen erzählen, dass ich gestern eine Dame kennengelernt hätte, die doch tatsächlich einmal in der Auswahl der englischen Reitermannschaft gestanden hatte. Was für ein Zufall, nicht?

Aber zu spät.

Anne hatte offensichtlich den ersten Aufschlag. Er pfiff an mir vorbei, ohne dass ich meinen Schläger, geschweige denn mich selbst, bewegt hätte. Das Spiel hatte also begonnen. Aber was auch immer Anne über mich im Allgemeinen und meine momentane Verfassung im Besonderen denken mochte, ich neigte nicht zum Trinken. Dachte ich. Hatte nie dazu geneigt, obwohl ich die Kollegen (die Mediziner) allesamt verstand: Wer einmal auf der Krebsstation gearbeitet hat (schoss es mir pathetisch, aber mit vollster Überzeugung in den Sinn) und die Menschen, ohne dass man ihnen hätte helfen können, obwohl man alles Erdenkliche, Menschenmögliche versucht und schon versucht hat, verrecken und langsam dahinschwinden gesehen hat: Wer das kennt, wer in diesen Fällen – und diese Fälle sind nicht die Ausnahme, sondern die Regel –, wer dann also dem Patienten nur noch schmerzstillende Mittel geben – Ich schwitzte mir bereits die Seele aus dem Leib, rannte hin und her über den Platz, den Bällen nach –, wer also dem ihm anvertrauten Patienten nur noch schmerzstillende Mittel (der allgemein bekannte Fachbegriff hierfür ist Palliation, und natürlich ist es mehr als ein Fachbegriff, er ist, meines Erachtens, eine humanistische Notwendigkeit im gegebenen Fall) verordnen und verabreichen kann, ja, dem sei es durchaus gestattet, dass er – Vielleicht hatte ich Anne unterschätzt. Ganz bestimmt aber hatte ich mich überschätzt: Ich keuchte bei jedem Schritt, Anne hingegen gab insbesondere bei ihrem Aufschlag und ihrer Rückhand einen veritablen und professionellen, einen lustvollen, ungestressten Monica-Seles-Schrei von sich – dass er dann zum Alkohol, dass er zur Flasche greift. Obwohl ich das selbst nicht kannte. Das war eben eine Projektion, eine empathische Mutmaßung, mehr konnte es nicht sein, naturgemäß – Anne schien es etwas zu übertreiben: kurzer Ball, langer Ball. Ich tat, was ich konnte, ich rannte, oder tat zumindest das, was ich für Rennen hielt – Mein Vater, zum Beispiel, ein Richter, trank offensichtlich zu viel, im Verhältnis zu seinen Kollegen jedoch durchaus in Maßen, wie man so schön sagt, daher war ich mit dem Trinken über den (gesunden) Durst, wie man ebenfalls so schön sagt, vertraut, bevor ich selbst meinen ersten Schluck Alkohol getrunken hatte, dachte ich, während ich meinen Aufschlag abgeben musste, aber vielleicht kam mein Vater, als Platzhalter einer Profession, einfach nicht damit klar – Ha! Punkt für mich! –, vielleicht kam er einfach nicht klar damit, Entscheidungen zu treffen, die dem Gesetzestext nach richtig, aber nicht notwendigerweise der Wahrheit oder Gerechtigkeit entsprachen, dass er letzten Endes keine Gerechtigkeit schaffen, sondern eben nur Entscheidungen treffen konnte – Seitenwechsel, bereits der zweite? Oder schon der dritte? –, deren Wesen es war, dass man sie akzeptieren musste (oder eben anfocht, aber das änderte nichts an der Tatsache selbst, verschob es nur die endgültige Entscheidungsfindung auf eine andere Stufe und einen späteren Tag, klagte man sich durch alle Instanzen, aber irgendwann ist Schluss – Ach, das ist mein Aufschlag? Ja, natürlich weiß ich, dass das mein Aufschlag ist! – und diese letzte (letztinstanzliche) Entscheidung, die ist dann zu akzeptieren) – Drei Doppelfehler hintereinander, Aufschlag schon wieder abgegeben, verdammt! –, und natürlich wusste er das, wie es alle seine Kollegen wussten, was aber nichts half – erneuter Seitenwechsel –, denn dachte man darüber nach, so klaffte hinter dieser Entscheidung das Nichts, die Unversöhnlichkeit und die Unmöglichkeit der Gerechtigkeit, kurz: das genaue Gegenteil von dem, wofür man angetreten war (mutmaßlich aus Idealismus oder der Naivität geschuldet). Ich hatte den ersten Satz verloren. Alles, was blieb, war also naturgemäß bestenfalls eine Konsensfindung, eine gesellschaftliche Übereinkunft, mithin etwas Weiches und Schwammiges, nichts Konkretes und Solides, zumindest nichts dauerhaft Befriedendes und Befriedigendes (außer du *glaubst* daran) – und Wahrheit schon gar nicht (die Wahrheitsfindung als Euphemismus: »Welche Wahrheit wollen wir schaffen?«, fragte er manchmal, nüchtern), nicht aus sich selbst heraus, sondern eben als (ich wiederhole mich) geschaffene, als postulierte Realität. – Ihre Aufschläge sausten einfach an mir vorbei. Ich muss mich mehr konzentrieren! – Manche vermögen sich an dieser Macht zu berauschen, andere brauchen den Rausch um die Macht zu ertragen. – Ich sagte: mehr konzentrieren! – Ja, scheiß Alkohol. Ich begann Anne zu hassen. Ich hasse mich selbst dafür, dass ich sie zu hassen begonnen hatte. Ich hasse es, dass ich mich hier zum Hampelmann machte. Aber sie spielte einfach ein präzises Tennis, ein hartes, ein sehr gutes Tennis, warum ihr das nicht einfach zugestehen, dachte ich, warum die Tatsache nicht einfach akzeptieren? Und dann dachte ich, warum musst du nur immer so stöhnen wie Monica Seles? Macht's dir das leichter? Und wenn ja, was? Und überhaupt: Welchen leichteren Gegner willst du finden als mich? Ich mache doch schon freiwillig die Beine breit und die Arme weit, und du drischst weiter auf mich ein? Warum also dieses Stöhnen? Weil's der mutmaßlichen Konvention, dem Vorbild entspricht? Für mich hörte sich das Stöhnen wie Hohn an, wie die Simulation eines Kraftaufwands, der hier vollkommen überflüssig war, und so spielte sie auch, genau so, als spielte sie gar nicht gegen mich, sondern gegen sich selbst oder gegen eine Ballmaschine, gegen ein Neutrum – oder als würde sie sich abreagieren, als reagiere sie sich an der Idee ihrer Mutter ab, der Idee, ihre Tochter zum Tennisspiel gegen den Enkel der feinen alten Dame zu verpflichten, abzustellen, verfügbar zu halten, als wäre da etwas in Anne, das gegen dieses Diktat, was von ihrer Mutter, von der feisten Maria, vielleicht nur als freundliches Ansinnen, eine nette Geste, gemeint gewesen war, anrannte und anstöhnte, gegen ihre Mutter, gegen den Vorsatz, gegen sich selbst. Vielleicht aber auch nicht. Schweiß war bei ihr nicht auszumachen. Der lief nur mir in Strömen über die Stirn (das einzige, was bei mir offensichtlich so richtig lief). Alles ging ihr, der Anne, leicht von der Hand mit ihrem kompakten Sportkörper, an dem einzig der Kopf – einer Kugel gleich, auch wenn die Kugel eine perfekte physikalische Form darstellen mochte –, an dem also einzig der Kopf etwas überproportioniert im Verhältnis zum restlichen Körper, zum restlichen sportiven und durchtrainierten, fast ausgezehrten und auf jeden Fall sehnig-muskulösen Körper war. Ja, es ging ihr leicht von der Hand, der Vorhand und der Rückhand – und den Aufschlag nicht zu vergessen! –, mich zu deklassieren, mich mit ihren blauen Knopfaugen, die aus ihrem feisten Gesicht, dem Ebenbild ihrer Mutter, wenn auch jünger, so war es doch das gleiche Gesicht (anders jedenfalls als das ihrer kleinen, hochbegabten Schwester, die wiederum ebenfalls ihrer Mutter aus dem Gesicht geschnitten zu sein schien, aber die Schwestern waren, jenseits der Altersdifferenz, doch unterschiedlich – ich wusste allerdings nicht, wie daraus ein Schuh werden sollte), man wusste, wo der Hase hinlaufen würde, hinlaufen musste. – Warum habe ich diesen Scheißball nicht bekommen? – Wo war ich? Genau: Anne jedenfalls ging es leicht von der Hand, mich mit aller Wut, mit all ihrer und ihren stahlblauen Knopfaugen zur Verfügung stehenden Wut und Wucht zu deklassieren, was sie nicht einmal die Spur, den Hauch einer Anstrengung zu kosten schien. – Wäre es heroisch oder zumindest ehrenrettend, jetzt einen Herzinfarkt zu bekommen? – Dazu das Stöhnen, dieses höhnische Stöhnen – ich musste dabei daran denken, der Gedanke kam mir unwillkürlich, ein hämischer Gedanke, wie eine Selbstverteidigung und als Selbstschutz kam er in mir hoch: Wenn dein Stöhnen offensichtlich nicht mangelnder Fitness oder dem Nacheifern eines serbischen Vorbildes wie etwa dem der Monica Seles geschuldet ist, dann liegt das, meine Liebe, an deiner Stupsnase. An Stupsnasen ist prinzipiell nichts auszusetzen. Die hat man oder hat man nicht. Aber du hast eine. Nicht böse sein, es ist ganz wertfrei gemeint. Manchmal kommt es eben vor, dass, wenn man eine Stupsnase hat, obwohl man nichts dafür kann, wie gesagt, und Stupsnasen können auch eine gewisse erotische Komponente haben, sind sie doch eben kein Zinken, der das Gesicht verunstalten würde (wie etwa in meinem Fall, eine Familientradition, beinahe). Stupsnasen machen ein Gesicht also sogar eher niedlich, aber dessen ungeachtet können sie dazu führen, dass man schlecht Luft bekommt, schlechter Luft bekommt als der Durchschnitt – und wesentlich weniger als die mit einem ordentlichen Zinken im Gesicht. Nicht dass ein Zinken hilfreich wäre (was mein Beispiel ja gerade bewies), aber gegen die Atemprobleme, die durch eine Stupsnase, die durch *deine* Stupsnase bedingt sind oder sein könnten, da kann man was machen. Gott sei Dank! Der Segen der modernen Medizin. Und wo wir gerade beim Segen der modernen Schönheitschirurgie (als Teil der modernen Medizin) sind, da könnte man auch noch was am flüchtigen Kinn machen, könnte das korrigieren – und wenn wir einen Kieferorthopäden und gegebenenfalls einen Kieferchirurgen hinzuziehen, dann wäre eventuell sogar eine treffliche Lösung für deinen Unterbiss zu finden. – Der Ball springt ins Nirgendwo – Ich meine das nicht böse, ich hatte selbst eine Spange in der Pubertät. Bei mir hat das ausgereicht. Und, wie gesagt, man kann für jedes Problem eine Lösung finden ...

Ja, es ging mir beschissen.

Auch den zweiten Satz hatte ich verloren. Irgendwie freute ich mich sogar darüber, dachte ich doch, ich hätte es hinter mir, das Tennisspiel. Aber Pustekuchen. Anne stand ihren Mann, warum auch immer. Seitenwechsel. Dritter Satz. Aufschlag: Anne. Und ich dachte daran, dass natürlich bereits die Studenten zur Flasche greifen, egal ob Jura- oder Medizinstudent, weil sie etwas missverstanden haben, einem substanziellen Missverständnis, einer Verwechslung aufgesessen sind. Für die Medizinstudenten ist das die Ohnmacht am Leiden der eigentlich zu Kurierenden; sie (die Studenten, mich eingeschlossen) sehen naturgemäß nur die Form, wissen vom unerträglichen, numinosen Leid nur durch Erzählungen und sehen nur – Nein! Schon wieder lag ich im Rückstand –, was ihnen vorgelebt wird (beispielsweise von den Dozenten und Professoren: »Wir haben mit Prof. Dr. Dr. Wittenstock-Bärbeiß gesoffen, ja, echt! Hat uns coole Geschichten erzählt. Aus seinem Medizineralltag. Unfallchirurgie, du weißt schon. Wie er die Pappenheimer wieder zusammenflickt. Vom Golfplatz unerwartet in die Unfallchirurgie gerufen. Eine Koryphäe! Wirklich. War nett. Und spannend, was er da erzählt hat. Mann, haben wir lange gesoffen. Wir waren alle *absolut hackedicht* – und dann hat Wittenstock-Bärbeiß irgendwann angefangen zu weinen. Warum, weiß ich nicht mehr. Aber der, der Wittenstock-Bärbeiß, das ist ein ganzer Mensch. Das sag ich dir, ein ganzer Mensch!«, deren Vorbild man nacheifert, man eifert dem Vorbild nach und beginnt zu trinken, obwohl es dazu eigentlich noch gar keinen Grund, keinen Anlass gibt (außer vielleicht Studentenpartys), aber sie trinken und gewöhnen sich ans Trinken, sie gewöhnen sich das Trinken an, bevor es dafür einen wirklichen Anlass gibt (wenn es den denn tatsächlich geben sollte). Und dann ist es für sie zu spät, um sich andere Methoden der Verarbeitung anzueignen, die einzige, die zur Verfügung steht, ist noch mehr zu trinken. Aber dann hilft es nicht mehr, sodass es eben nur ein *Mehr* und *Noch-Mehr* werden kann. Ich musste daran denken, dass ich die Kommilitonen – Ball –, die in den Semesterferien Saufreisen nach Mallorca – Ball – oder nach Barcelona – Ball – oder doch, weil viel günstiger, an den bulgarischen Goldstrand zu unternehmen pflegten – ich erreiche den Ball nicht mehr, obwohl ich ihm hinterherhechtete und dabei unbeholfen auf dem Ellenbogen und dem rechten Bein über den roten Tennisplatzsand rutschte –, immer mitleidsvoll belächelt hatte. Ich rappelte mich auf. Wie viel stand es? Wer hatte Aufschlag? – Befand ich mich in einer Ausnahmesituation? – Anne machte Anzeichen, dass es ihr Aufschlag sei. – Und dann dachte ich – der Aufschlagball zischte an mir vorbei –, dass meine ganzen Gedankengänge, ja, das alles – ihren nächsten Aufschlag konnte ich sauber retournieren –, alles, was ich bisher darüber gedacht hatte, dass das alles keinen Sinn machte: Denn selbst wenn man erst aus irgendeinem Grund heraus zu trinken beginnen sollte (so nachvollziehbar dieser Grund scheinbar auch immer war), so half er doch zu nichts, zumindest half er nicht weiter, weil man es eben irgendwann gewohnt sein würde zu trinken, weil man abstumpfte, sich daran gewöhnte (O.k., manchmal stiftet Gewohnheit Sinn und Zweck, aber das konnte man doch hier ausschließen, oder?) – und dann half es nur noch, immer mehr zu trinken (oder hatte ich das bereits gedacht?) – zwei, drei oder was weiß ich wie viele Matchbälle für Anne – Und ich fragte mich, wie das bei mir aussah und aussehen würde, wie es weitergehen sollte und warum es weitergehen sollte, nicht das Trinken, sondern das Überhaupt-Weitermachen – Genau in diesem Moment war das Match zu Ende und wir schüttelten uns die Hände, die Anne und ich, gerade als ich mir diese Frage gestellt hatte und dann versucht hatte, nicht mehr daran zu denken, sondern mir den Schweiß von Neuem von der Stirn wischte. 6:1, 6:0, 6:0. Ich hatte wohl verloren. Anne lächelte mich an. Zum ersten Mal. Ziemlich herablassend allerdings. Wohl zurecht, dachte ich, als sie sich nach einem kräftigen Schluck aus ihrer Plastiktrinkflasche nahezu unverschwitzt mit den Worten verabschiedete, ich solle doch die Großmutter schön grüßen, und man sehe sich ja heute Abend beim Essen.

Ja, Anne – da mochte ihre Mutter recht haben – war ein kleines Tenniswunderkind, vielleicht sogar die kroatische Tennisnachwuchshoffnung, wer weiß. Vielleicht hatte sie auch gestern gegen die englische Auswahl einfach den Kürzeren gezogen.

Auf dem Weg durchs Hotel zum Strand hin (um zum Strand zu kommen, musste man durchs Hotel, da führte kein Weg dran vorbei), traf ich zufällig auf Frau Dresenkamp. Sie schien verheult zu sein. Aber sicher konnte ich es nicht sagen, ich konnte es nur aus ihrer Haltung annehmen, mutmaßen, denn ihr Gesicht selbst sah ich nur kurz, und zwar so kurz, dass sie mich nicht einmal bemerkte oder hatte bemerken wollen, und deshalb lief ich unbemerkt hinter ihr her, bis Frau Dresenkamp irgendwann abbog, ihres Weges ging, und ich meinte, dass sie wohl geheult haben mochte. Wieso, das wusste ich nicht. Naturgemäß.

Anstatt duschen zu gehen, gab ich im Hotel nur die Tennisschuhe und den Schläger zurück, setzte mir meine Taucherbrille und den Schnorchel auf, sprang ins Meer und schwamm hinaus.

Ich schwamm genau so weit, dass man den Meeresgrund nicht mehr sehen konnte. Dort ließ ich mich treiben, starrte ins Blau und Schwarz, den Körper von den Wellen wiegen lassend, für fast eine Stunde und dachte an nichts.

Als ich aus dem Meer steigen wollte, rannte ein Hund bellend auf mich zu. Es war der Yorkshire-Terrier Benjamin. Hinter Benjamin rannte lachend der kleine Junge her. Der Hund stürmte weiter auf mich zu, wobei er für seine Größe unangemessen tief bellte, anhielt, wieder die Zähne fletschte, knurrte und dann wieder bellend auf mich zusprang. »Geh mir aus der Sonne!«, brüllte ich, aber Benjamin trieb mich wieder ins und aufs Meer hinaus, sprang in die Brandung, als wollte er mich fassen, ich ruderte hilflos mit den Armen und plumpste ins Wasser, Benjamin gab abrupt auf und kehrte schwanzwedelnd zu seinem kleinen, immer noch lachenden Herrchen zurück.

Zwei gegen einen, ein Riesenspaß.

Und so saß ich dann erschöpft und nass am Strand. Die Zikaden zirpten. Der Wind wehte durchs Gras. Das Gras war trocken, es raschelte durch den Wind, der die Wellen an den Strand trieb. Die Wellen klatschten monoton an den Strand. Ein Jet-Ski peitschte über das Meer und zog einen Wasserskifahrer hinter sich her. Seine Jubel- und Freudenschreie waren bis an den Strand zu hören. Dann war er nicht mehr zu sehen.

Nach einer Weile stand ich auf und gab, da ich mich unbeobachtet fühlte, einige veritable Monika-Seles-Schreie von mir.

Die treffliche Frau Dresenkamp (sie schien nun weder verheult noch waren ihre Augen gerötet, wahrscheinlich hatte ich mich vorhin einfach getäuscht, etwas in sie hineingelesen, das jeder Grundlage entbehrte) teilte mir mit, dass die feine alte Dame mich nun zu sehen wünsche. Ich solle ihr Knie begutachten. Denn auch wenn ich noch mitten im Studium stecken würde, so hätte ich doch sicher schon etwas Ahnung von der Medizin, und eben deswegen sollte ich nun das Knie begutachten.

Ich trat in die Suite, fand die feine alte Dame auf dem Bett liegend, angezogen, geschminkt, mit Schmuck behängt und das kranke Knie demonstrativ von sich gestreckt.

Ich konnte keine Schwellung mehr feststellen.

»Ich spüre auch keinen Schmerz mehr. Was sagst du nun?«

Ich sagte nichts.

Dann sagte ich, dass ich mich freue und dass es ja beinahe ein Wunder sei und versuchte, das Ganze mit einem kehligen Lachen abzurunden.

Aber sie sagte, dass es da nichts zu lachen gebe, dass es kein Wunder sei, sondern dass der Medizinmann eben gute Arbeit verrichtet habe; sie müsse nur das Knie noch für zwei bis drei Wochen mit diesem Elixier (sie wies auf die Phiole auf ihrem Nachttischchen, die in ihrem Innersten wie von Kohle zu glühen schien) einreiben, was von Frau Dresenkamp besorgt werden würde, und dass es eben doch mehr Dinge zwischen Himmel und Erde gebe, als sich unsere Schulweisheit erträumen ließe, wie bereits Lessing gewusst habe, worauf sie von Frau Dresenkamp mit dem Hinweis auf Goethe korrigiert wurde. »Papperlapapp. Lessing. Nicht wahr, Alexander?« Ich sagte, für mich könnte das gut und gerne auch Schiller gesagt haben, ich sei mir da sogar relativ sicher, aber, egal wer von den dreien das Bonmot nun notiert habe, letztlich hätten sie den Spruch doch sowieso sicher alle nur von den Griechen geklaut, was die feine alte Dame sichtlich befriedigte und Frau Dresenkamp immerhin ein gezwungenes Lächeln abrang. Daraufhin ging es zu Kaffee und Kuchen – dem nachmittäglichen Ritual einer jeden elaborierten Reise – auf die Hotelterrasse, denn immerhin gab es ja wieder etwas zu feiern.

Es wurde Torte bestellt und Champagner getrunken, während der Himmel über uns lachte, das Meer wogte und die anderen Hotelterrassengäste schmatzten, mit dem Geschirr und den Tassen klapperten und mit den Gläsern klirrten und sprachen und lachten, Kinder tobten und der kleine Benjamin hier und da eine Möwe anbellte. Die feine alte Dame war gelöst, und der Champagner löste ihr weiter die Zunge, sie kam in Fahrt und schaufelte dabei lustvoll die Zitronencremetorte in sich hinein, was sie, wie immer, vom Sprechen nicht abhielt.

»Bei der Reise hatte ich von Anfang an ein gutes Gefühl. Ich wusste, dass sie mir guttun würde. Natürlich war ich zunächst etwas unsicher. Soll ich das wirklich noch einmal machen, hab ich mich gefragt und wusste dann doch, dass es genau das Richtige ist. Für mich. Und mit Ihnen, Frau Dresenkamp, da konnte ich mich das auch trauen, konnte mir das überhaupt erst zutrauen. Doch, doch. Ich weiß genau, was ich an Ihnen habe! Außerdem konnte ich dir, lieber Alexander, so noch einmal etwas bieten.« Dann nahm sie einen weiteren ordentlichen Schluck und sagte: »Lange keinen Champagner mehr getrunken. Bevor ich sterbe, möchte ich noch etwas erleben. Tja. Mit dem Leben, das ist so eine verrückte Sache. Du kannst alt werden wie eine Kuh, du lernst doch immer noch dazu. Manchmal verlernt man natürlich auch etwas. Man verlernt es zu genießen. Zum Beispiel. Im Altersheim gibt es ja nichts zu genießen. Da ist man ein Fremder unter Fremden, und überhaupt ist es eben kein Zuhause, es ist eine Endstation. Man weiß nicht, wohin die Reise geht. Hätte sich auch der Vater vorher nicht vorstellen können, aber zum Glück hat er vorgesorgt. Sonst könnten wir uns das alle nicht leisten. Hier. Und wenn ich noch etwas jünger wäre, wer weiß …« Sie seufzte. »Die Liebe ist schon … Keine Pflanze kann ohne Licht gedeihen, das ist etwas, das …«, Frau Dresenkamp nutze die Lücke im Gedanken- und Redefluss der feinen alten Dame und bat höflich, eben telefonieren zu können und entschuldigte sich (wobei sie eine kleine Verbeugung vollführte). Als Frau Dresenkamp sich entfernte, schaute die feine alte Dame ihr nach und fuhr dann mit ernstem Blick fort: »Gutes Personal ist schwer zu finden. Hat Probleme mit ihrem Mann, die Dresenkamp. Ja, ja, die Liebe ... Da muss man sich halt auch mal zusammenraufen. Das muss man lernen. Die Dresenkamp ist ja erst ... Wie alt wird sie sein? Mitte dreißig? Da hat man noch Zeit, noch alles vor sich. Tja ... wenn ich nur noch einmal ... Alexander, Jungsein ist ein Geschenk. Man versteht das nicht, dass sie vorbeigeht, die Jugend. Und plötzlich ist man alt – trotzdem denkst du noch wie früher, hältst dich immer noch für die gleiche Person ... Weißt du was, ich ess' einfach noch eine Torte. Möchtest du nicht auch noch ein Stück?«, und schon winkte sie den weißuniformierten Kellner heran, der geflissentlich ihre Bestellung aufnahm. Plötzlich lachte die feine alte Dame keck auf: »Erinnerst du dich noch an die Ostverwandtschaft? Ihren Besuch? Kurz nach der Wende?« Sie ließ sich vom Kellner Champagner nachschenken, der eben das bestellte opulente Tortenstück (Johannisbeer (Bisset obenauf)) kredenzte. Ja, die Wende habe sie dann zu Tränen gerührt. Unfassbar, dass man das noch miterlebt habe, habe miterleben dürfen! Irgendwie hätten die nach frisch gemähtem Gras gerochen, die Ostverwandtschaft – oder nicht? –, die plötzlich, zu ihrer Freude (und doch etwas überraschend, hatte man doch immer nur einen (wenn auch essenziell wichtigen) Briefkontakt gepflegt, damit die Vergangenheit (und mithin die Herkunft) nicht abgeschnitten, die Wurzeln, der eigene Ursprung, nicht ab- und ausgerissen wurden) vor dem herrschaftlichen Haus im Hohenlohisch-Fränkischen standen, vor ihrer Tür standen und Einlass wünschten, wie Geister anklopften, eine Ostverwandtschaft, oder eben *die* Ostverwandtschaft, das eigene Fleisch oder zumindest verdünntes Blut des eigen Blutes, die Cousine und die Großnichte, beide mit dünnem, dauergewelltem Haar, und die ältere, die Cousine, die Witwe eines (immerhin) protestantischen Pfarrers (jedoch nicht seine Haushälterin – das kriegen die Katholiken ja bis heute nicht auf die Reihe, sagte die feine alte Dame), glaubte an Gott, war, so die feine alte Dame, schrecklich gottesfürchtig (früher, als die Welt noch in Ordnung war und die Mauer noch stand, da pflegte sie, die Großmutter, ab und an kleine finanzielle Überweisungen an die verarmte Ostverwandtschaft zu tätigen, die im Gegenzug selbstkopierte Kalender mit christlichen Scherenschnittmotiven zurückzuschicken pflegten (und so pflegte man das Verhältnis, war trotz der Trennung eine Gemeinschaft, eine Familie, eine trotz der Umstände unverbrüchliche Einheit), aber unterm Strich, so hätte sie, die feine alte Dame, erfahren müssen, unterm Strich hätte die Ostverwandtschaft nur ans Geld geglaubt, geglaubt, dass ihnen die gebratenen Tauben in den Mund fliegen würden, hier im Westen (die Großcousine hatte sich doch tatsächlich *Blue Jeans* von ihrem Begrüßungsgeld gekauft, als könnte man das Geld nicht sinnvoller anlegen! Und darüber hinaus habe sie immer »O.k.« gesagt, als gebe es dafür keinen deutschen Ausdruck), und überhaupt hätten sich beide verhalten, als würden sie eine Belohnung dafür verdienen, dass sie den Sozialismus ausgehalten hatten, als hätten sie sich das Begrüßungsgeld tatsächlich *ehrlich* erarbeitet, dabei hatten sie sich den Sozialismus ja selbst ausgesucht, oder etwa nicht? (Ich wollte nun nicht nach dem Nationalsozialismus im Allgemeinen fragen, den sich ja *bekanntlich keiner* hatte aussuchen können. Vielmehr wollte ich doch danach fragen, aber die Großmutter fuhr fort:) »Gut, dann haben die sich selbst befreit. Gut. Ja, schön. Wir sind das Volk. Eben! Ich bin ja eigentlich eine von ihnen. Ja. Ich bin eine gebürtige Sächsin. Und gerade deswegen weiß ich, dass man so nicht denken kann. Man muss sich alles hart erarbeiten. Dem Vater und mir ist das auch nicht leicht gefallen. Da fällt einem nichts vom Himmel, fällt einem nichts einfach so in den Schoß. Schau dir zum Beispiel die Frau Dresenkamp an. Russlanddeutsche. Die konnten nichts für ihr Schicksal. Die waren in Russland gefangen. Die konnten sich nicht selbst befreien. Und als dann der Kommunismus gescheitert ist, da haben sie den Kopf nicht in den Sand gesteckt. Nein. Eben nicht. Sie haben was draus gemacht. Sie sind, wie die Dresenkamps, hierhergekommen. Nach Deutschland. Und jetzt arbeiten sie sich hoch. Sie arbeiten sich hoch. Die Dresenkamp ist doch eigentlich Lehrerin. Aber sie hat keine Berührungsängste. Ist sich für nichts zu schade. Die arbeitet einfach. Für ihre Familie. Das ist ein ganz anderer Schlag Menschen. Die Russlanddeutschen und die hier in Kroatien, die sind einfach tatkräftiger«, sagte sie, trank das Glas Champagner aus (dessen vergorener Traubenrest so schön golden in der Sommersonne gefunkelt hatte) und widmete sich jetzt der Torte, die sie bisher, in ihrer aus dem Glück geborenen Rage, noch unangerührt auf dem weißen Tortenteller über der weißen Tischdecke vor sich hatte stehen lassen. Und ich wollte etwas sagen, wollte sagen, dass ich die Menschen in Greifswald mochte. Dass ich Greifwald mochte. Dass man nicht alles über einen Kamm scheren sollte. Ich wollte sagen: Jeder arbeitet mehr oder weniger hart an sich – und alle nach ihren Möglichkeiten. Aber ich fand keine Möglichkeit, das zu artikulieren, fand die Lücke nicht, nutzte die Lücke nicht. Ich wartete einfach ab, was sie als nächstes sagen würde.

»Die Kroaten und die Russlanddeutschen, die haben noch eine Moral. Die wissen, was sich gebührt, weil sie wissen, was ihnen zusteht. Und alles, was ihnen zusteht, ist das, was sie sich durch harte Arbeit selbst erwirtschaftet haben und erwirtschaften können. Und eben genau das wissen sie. Verstehst du? Zum Beispiel der Ivo«, sie nahm eine große Gabel Torte in den Mund, »der hat sich nicht unterkriegen lassen. Der hat sich vom jugoslawischen Sozialismus nicht lumpen lassen, sondern war in einer höheren Funktion in der Tourismusbranche, und auch vom Bürgerkrieg hat er sich nicht unterkriegen lassen. Jemand mit geradem Charakter, den kriegt man nicht klein. Weil er weiß, was er wert ist, weil er immer neue Ideen hat. Weil er weiß, was wichtig ist«, ein weiteres großes Stück Torte verschwand in ihrem sprechenden Mund, »und auch jetzt weiß er genau, was er will, weiß, was zeitgemäß ist. Deswegen investiert er in die Wirtschaft. Der Vater war ja selbst Diplom-Volkswirt, der hat immer gesagt: Der gute Händler spart, der bessere investiert. Und so investiert auch der Ivo in die Zukunft. Das ist wirklich ein richtiger Mann, stark, kräftig und mit einem unbedingten Willen ausgestattet. Sicherlich liegen ihm die Frauen zu Füßen. Ein echter Kerl, den ich sehr schätze. Ich schätze ihn – und wäre ich nur etwas jünger, tja, wer weiß – oder nimm die Maria ...« Energisch stieß sie die silberne Kuchengabel in die Torte: »Die Maria leistet auch ihren Teil. Und sie hat ihren Mann. Einen Mann, an den sie sich anlehnen kann. Eine Frau ist nichts ohne Mann. Du wirst ihn ja heute Abend endlich kennenlernen, ein gewitztes Kerlchen. Ein Mannsbild. Clever ...« Ein Tortenbodenkrümel fiel ihr unbemerkt aus dem Mund und landete auf dem Kragen der Bluse. »Das Import-Export-Geschäft: eine unterstützenswerte Sache. Wer nicht wagt, der nicht gewinnt, hat der Vater immer gesagt. Und was haben wir nicht immer wieder alles aufs Spiel gesetzt, aufs Spiel setzen müssen! Aber schließlich haben wir es zu etwas gebracht.« Beinahe gierig zerteilte sie das letzte Stückchen Torte in drei Teile, so, als habe sie Angst, dass ihr der Genuss zwischen den Zacken der Kuchengabel zerrinnen, hinfortrinnen könnte. »Wir haben es zu etwas gebracht. Mit der Mast. Auf Schweine ist Verlass. Im Ort. In der Stadt. Man kannte uns. Und Dienstmädchen hatten wir immer. Überall war der Vater wohlgelitten. Stadtbekannt. Das bringt auch Verantwortung mit sich.« Sie steckte die Gabel ins vorletzte bissetbesetzte Johannisbeertortenstück und steckte es sich in den Mund: »Immerhin hat man hart dafür gearbeitet. Und schließlich hätte ich selbst die Königin von England bewirten können ...«

Ich sagte: »Du sprichst mit vollem Mund.«

Kurze Pause.
»Die Leute schauen schon.«
Stille.
Es schien, obwohl nichts zu hören gewesen war, als zersplittere irgendwo Glas, als fiele kostbares Porzellan, Meißener Porzellan, auf den Boden und zerbarst.

Die feine alte Dame starrte mich an.

Schweigen.

Es tat mir leid.

Schweigen.

Dann sagte sie: »Du bist wie deine Mutter ...«, und dabei schob sie den weißen Teller mit dem letzten Stückchen bissetbesetzter Johannisbeertorte beiseite und strich demonstrativ das weiße Tischtuch glatt.

»Es hat keinen Sinn drum herum zu reden. Alexander. Auch deine Mutter war ein nettes Kind, dann aber, nach der Pubertät ... Vorher hat sie mir immer alles erzählt, mir sogar ihr Tagebuch gezeigt. Wir waren die besten Freundinnen, aber plötzlich wurde sie ... renitent. Dass sie deinen Vater kennengelernt hat, damit fing alles an. Dieser Nichtsnutz! Der hat sich doch nur ins gemachte Nest gesetzt. Durch sein erstes Staatsexamen ist er dann ja auch glatt durchgefallen. Aber Lehrjahre, Alexander, merke dir das, Lehrjahre sind keine Herrenjahre! Und dass dein Vater für sie kein Umgang war, das hat sie dann später ja selbst begriffen. Warum hat sie sich denn sonst von ihm getrennt? Aber erst mal Kinder in die Welt setzen! Ja, selbstverwirklichen will sie sich! Selbstverwirklichen. Das hat sie mir selbst gesagt. Soll sie doch sehen, wo sie mit ihrer Selbstverwirklichung hinkommt! Von mir bekommt sie nichts. Immerhin ist sie diesen

Trinker los. Dein Vater hat mir die eigene Tochter abspenstig gemacht! So. Das musste mal gesagt werden. Und hätte der Vater nicht so sorgsam gewirtschaftet, dann ginge es euch jetzt allen dreckig. Eine Tochter, die sich selbstverwirklichen will, und einen versoffener Ex-Schwiegersohn, der sich zum selbstgerechten Richter über die Menschen aufschwingt – ich sage dir, wenn du vor Gericht stehst, da kannst du keine Gerechtigkeit erwarten. Und warum? Weil solche aufgeblasenen Nichtsnutze wie dein Vater sich berufen fühlen und glauben, rechtsprechen zu können! Wenn es nicht so traurig wäre, dann wäre es zum Lachen ...«

Es ist die Pest, wenn sich die Menschen hassen, die man liebt. Was will man da tun? Man kann nichts tun. Schwamm drüber. Schließlich kommt das in den besten Familien vor, dachte ich.

»... und du? Wie willst du anderen Menschen helfen können, wenn du nicht mal deiner Großmutter helfen kannst? Na?«

Pause.

»Was sagst du? Was sagst du, Alexander?«

Ich gab ihr recht. Kein Widerwort, nur keinen Streit vom Zaun brechen. Denn alles, was dann folgen würde, war mir wohlvertraut, allein die Details in ihrer Ausschmückung oder Unterlassung (die Widersprüche in ihrer Beweisführung, die sie unter den Teppich zu kehren pflegte, da diese die Stringenz ihrer ergebnisorientierten Argumentation konterkarierten) wären von Interesse. Sobald sich neue Lücken in der Schlüssigkeit ihrer Welterklärung, des von ihr als sicheren Boden behaupteten Kosmos, offenbaren würden, hätten diese zwangsläufig eine immense Spracharbeit bedeutet, die sich auf die jeweilige situative und kontextuelle Realität hätte beziehen müssen – und darauf hatte ich keine Lust. Wie oft hatten wir das alles schon durchgespielt und durchgekaut, wie oft hatte ich mir das schon angehört und dabei verständnisvoll genickt. So nickte ich auch jetzt.

Dann sagte die feine alte Dame:

»Ihr solltet euch alle eine dicke Scheibe von den Menschen hier abschneiden, vom Ivo zum Beispiel. Das ist ein wahrer Gentleman! Der hat etwas, das für euch vielleicht altmodisch ist: Der hat Charakter.«

Ich nickte. Ich war wie ein Teig, eine Schaumstoffwand. Man konnte draufschlagen, wie man wollte, ich gab nach und kehrte ungerührt in die Ausgangsform zurück.

Meine Freundin hatte einmal gesagt, mit mir könne man nicht streiten.

Nach diesem Nicken blieb es still, der Wind wehte und irgendwo kreischten Möwen.

Meine Großmutter schaute mich an. Ich schaute zurück. Wir hielten den Blick, dann schaute sie in eine andere Richtung, als ob es dort etwas Interessantes zu sehen gäbe. Wir schwiegen.

Reden ist Schweigen, Silber ist Gold.

In the whispers of the trees
In the thunder of the sea ...

Dachte ich.

Ich betrachtete den an einem silbergewirkten Faden um ihren Hals hängenden silbernen Hampelmann, der lustlos alle Glieder von sich herabhängen zu lassen schien. Ich stellte mir vor, dass er mich nun vorwurfsvoll anschauen möchte, und wandte den Blick wieder ab.

Ich erinnerte mich, wie meine Mutter einmal erzählte, dass die feine alte Dame in der Endphase der letalen Erkrankung ihres Mannes, des Vaters, plötzlich von einem Tag auf den anderen nicht mehr aufzufinden gewesen sei. Die Großmutter war in Urlaub gefahren, und sie hatte nur ihrer Putzfrau (denn Personal hatte sie immer, dem Vater sei Dank), hatte nur Frau Schust davon erzählt, der treuen und seit Jahren im Haus und für die Familie tätigen Putzfrau. Diese wiederum informierte uns, die Familie, und wir, oder vielmehr meine Mutter, informierte den Großvater, ihren Vater, der aus allen Wolken fiel. Fünf Tage war die Großmutter weg. Wo sie zur eigenen Rekonvaleszenz hingereist war, wusste und erfuhr auch später niemand. Aber das Sterben des Großvaters dauerte ohnehin länger. Sie hatte also nichts verpasst. Und gestorben ist er dann, wie gesagt, nicht zu Hause, sondern im Krankenhaus, gegen acht, neun, zehn oder elf Uhr abends, kurz nachdem der letzte Besuch (meine Mutter) gegangen war. Und alles, was der Großmutter jetzt blieb, war das Altersheim.

Der kleine Benjamin hatte eine Möwe gestellt. Vogel und Hund betrachteten sich, ohne sich zu rühren. Der Yorkshire-Terrier hob das eine Ohr und legte den Kopf etwas schräg. Die Möwe flatterte davon.

Einmal hatte ich beim Spielen im großelterlichen Haus, im fünftürigen Wandkleiderschrank (sauber maßgefertigtes Nussbaumholz: eine süddeutsche handwerkliche Meisterarbeit, innen intensiv nach Lavendel duftend (was aber natürlich an den mottenvertreibenden und eben zu diesem Zweck im Wandkleiderschrank platzierten Lavendelduftsäckchen lag)) des Gästezimmers, der für all die Dinge vorbehalten war, von denen man sich nicht trennen mochte, die man über die Jahre dann aber doch vergessen hatte, und mit allen möglichen und unmöglichen (aber allesamt bereits vergessenen) Dingen vollgestopft war, einmal hatte ich in diesem Kleiderschrank ein Kleinkalibergewehr mit Zielfernrohr gefunden. (Ich erinnerte mich, dass das Gewehr deutlich schwerer war als das mir zum Spielen bereitstehende Pendant aus Plastik.) Einige Jahre später hatte mir mein Vater erzählt, dass der Großvater ihm einmal gesagt habe: »Wenn ich den Mut besitzen würde, dann würde ich sie (die feine alte Dame, die Großmutter) erschießen.« Mein Vater hatte meinen Großvater, seinen Schwiegervater, sehr gemocht. Vielleicht, weil sein Vater starb, als er selbst zwölf Jahre alt gewesen war. (Natürlich ist das Sterben von Familienangehörigen, wenn man gerade selbst zwölf geworden ist, nicht die Regel, sondern eine Ausnahme und purer Zufall.) Inzwischen hat er jedoch einen anderen Schwiegervater. Und der hatte – Zufall oder Schicksal – im Zweiten Weltkrieg als Soldat gedient: Er war bei der Leibstandarte Adolf Hitler als Panzerkommandant in Frankreich, Griechenland und Russland gewesen. Bis sein Panzer zum vierten Mal abgeschossen worden war und ihm die Handgranate, die er, nachdem er sich aus seinem Panzer gerettet hatte (der Stiefgroßvater hatte mir einmal erzählt, dass, wenn ein Panzer abgeschossen wird, du 45 Sekunden Zeit hast, den Panzer zu verlassen. Das gelte jedoch nur für die Turmbesatzung (drei Mann), sagte er, der Fahrer und der Funker gingen ohnehin ›kaputt‹) und auf einen der feindlichen russischen Panzer von hinten aufgesprungen war, die Einstiegsluke geöffnet und den Stift aus seiner Handgranate gezogen habe, um sie in das Panzerinnere zu werfen, aber der feindliche Panzer fuhr exakt in diesem Moment wieder los, sodass er den Halt verlor (es waren deutlich unter null Grad, im Winter, 40 Kilometer vor Moskau), und mit dem Halt auch die Handgranate verlor, sie glitt ihm aus der Hand und krepierte unweit seines linken Beins. (Ich fand es bei seiner Erzählung schon damals irritierend, dass er im Zusammenhang von sterbenden Menschen einen technischen und bei der Explosion eines technischen Gegenstands einen menschlichen (oder vielleicht sogar einen emotional-sinnlichen) Ausdruck verwendete. Ich fragte ihn danach. Er zuckte die Achseln und sagte, dass das eben der Krieg gewesen sei. Und dass er heute keine Kriegsfilme mehr ertragen könnte.

(Ich hatte meiner damaligen Freundin die Geschichte erzählt. Sie sagte: »Wie kannst du mir das mit solch einer Begeisterung erzählen? *Leibstandarte Adolf Hitler*. Der war ja nicht nur ein Nazi, der hat das alles auch noch selbst erfunden!« Und ich antwortete, dass ich seine Geschichte eben spannend gefunden hätte, dass man eine solche Geschichte aus erster Hand nur selten hört. Denn wer erzählt das schon? »Nazis eben«, sagte sie,

»überzeugte Nazis.« Ich sagte, dass sie es sich damit vielleicht zu einfach mache. Der Stiefgroßvater sei immerhin ein sensibler Typ. Ein Mensch. Schließlich konnte er jetzt keine Kriegsfilme mehr sehen. Ihm kämen da die Tränen. Und überhaupt hätten ihn 1945 die Russen inhaftiert. Sieben Jahre sei er dann verschwunden und verschollen gewesen, zunächst in ehemaligen deutschen KZs, dann in russischen Lagern, schließlich irgendwo in Sibirien. Das komplette Programm, Folter inklusive … Sie sagte: »Ja und?«, und ich antwortete: »Na ja.« Sie sagte: »Ein Fascho!«, und ich: »Der Faschismus ist doch in Italien erst …« Sie fragte: »Willst du jetzt Sophisterei betreiben?«, und ich fragte zurück: »Du meinst Haarspalterei?« Sie: »Hörst du mir eigentlich überhaupt zu?«, und ich sagte: »Ja. Natürlich. Ich hör dir zu …«

Kurze Zeit später hatte sie sich in einen anderen verliebt.))

Natürlich hatte ich den Stiefgroßvater über den Holocaust befragt. Er sagte, dass ich ihm das nun sicher nicht glauben würde, aber er habe davon früher, während des Kriegs, nichts gewusst, von den Konzentrationslagern, davon habe er erst später erfahren. Nein, tatsächlich glaubte ich ihm das nicht. Gerade die Leibstandarte Adolf Hitler hatte insbesondere das »Wachpersonal« der Konzentrationslager »bereitgestellt«. Er sagte nur auf mein Weiterfragen, dass, wenn sie in Russland einen Juden getroffen hätten, dann hätten sie ihm aus Witz den halben Bart abgeschnitten. »Aus Witz?«

»Wir waren damals alle verblendet und fanatisiert.«

Was sollte ich dazu sagen? Ich sagte nichts. Und dem Stiefgroßvater kamen über seinen eigenen Kriegsfilm die Tränen.

Sollte ich Mitleid haben?

Was sollte ich tun?

Mein Vater tat nichts. Er mochte seinen Schwiegervater. Und ich mochte meinen Stiefgroßvater.

Der Stiefgroßvater fasste sich wieder und nahm einen Schluck Rotwein (denn immerhin handelte es sich um die obligatorische Familienzusammenkunft der Patchworkfamilie am 1. Weihnachtsfeiertag, und das festliche Mittagessen war eben erst vorüber, wir waren zur Entspannung und Verdauung ins Wohnzimmer gegangen, in dem der Weihnachtsbaum stand, unter dem die Geschenke auf das Auspacken warteten). Ich fragte ihn, ob er schwer verletzt gewesen sei. Er antwortete, dass die Detonation sein linkes Bein zertrümmert und in Fetzen gerissen habe, und dass er von Kameraden aufgesammelt und ins Lazarett gebracht worden war, und dass im Lazarett der Militärarzt die Reihen der Verwundeten abschritt und, als er an ihn herantrat, flüchtig sagte: »Das Bein nehmen wir ab«, worauf der Stiefgroßvater geantwortet habe: »Wenn Sie mir das Bein abnehmen, dann lasse ich Sie erschießen.« Tja. Kraft seiner SS-Uniform und seines Dienstgrades (Hauptsturmführer) hatte sein Wort wohl Gewicht. Man flog den Stiefgroßvater »heim ins Reich«, dort wurde er dann von Prof. Dr. Sauerbruch operiert. Der Professor habe zu ihm gesagt: »Schauen Sie, Sie können mich erschießen lassen«, wobei er lachte, denn selbstverständlich war seine Position eine, die keine Erschießung – zumindest nicht von jemandem im Dienstgrad meines Stiefgroßvaters – zu fürchten hatte, alles in allem mutmaßlich also ein Kommentar, um *das Eis zwischen ihnen zu brechen*, »aber ich kann Ihnen nicht garantieren, Ihr Bein zu retten. Ich kann es nur versuchen«. Lange Rede, kurzer Sinn: Die Operation glückte, das Bein blieb dran, und mit dem Krieg war es dann (abgesehen vom Anführen einer zwanzig Mann starken Gruppe von Vierzehn- und Fünfzehnjährigen im Volkssturm (»Und ich habe sie alle – Gott sei Dank! – heil nach Hause gebracht!«)) für ihn vorbei. Bis ihn eben die Russen als Kriegsverbrecher inhaftierten. Wiegen sieben Jahre Kriegsgefangenschaft irgendwas auf?

Aber der Professor Doktor Sauerbruch (der übrigens ab 1905 auch für einige Zeit am Universitätsklinikum in Greifswald tätig und 1942 zum Generalarzt des Heeres ernannt worden war (und in dieser Position Finanzmittel für Senfgasversuche an Häftlingen im KZ Natzweiler bewilligt hatte)) war nicht nur ein Chirurg mit internationaler Reputation, ja, eine tatsächliche Koryphäe (wie man so sagt) gewesen, sondern hatte auch den Bruder der feinen alten Dame einst operiert. Ihr Bruder hatte unter einer Trichterbrust gelitten, sie drückte das Herz auf die rechte Seite, was die feine alte Dame bis heute, wenn sie von ihrem Bruder erzählte, zu dem Satz hinreißen ließ: »Er trug sein Herz am rechten Fleck.«, womit sie nicht ganz unrecht hatte, verfügte ihr Bruder doch über eine NSDAP-Mitgliedsnummer unter Zehntausend, war also ein Mann, wenn schon nicht der ersten Stunde, so doch immerhin der Minuten danach (im Übrigen steinreich verstorben, 1980 in Sindelfingen, Ingenieur), dem das Glück zuteil geworden war, dass seine Mitgliedschaft in der Partei *irgendwie* »verschütt' gegangen« und er somit nach Kriegsende nicht einmal entnazifiziert worden war – und all das eben neben dem Glück, von eben jenem berühmten Dr. Sauerbruch von seiner Trichterbrust befreit worden zu sein. Ja, der Dr. Sauerbruch, der hat dem Bruder das Leben gerettet, wie sie sagte, und dafür sei sie ihm auf ewig dankbar, denn den Verlust des Bruders hätte sie damals nicht verkraften können. Da wäre sie zwar schon verheiratet gewesen, aber Kinder hätten sie eben noch keine gehabt, der Vater und sie. Und: Geschwisterliebe sei etwas ganz besonders Starkes. Man sei sich eben vertraut. (Blut ist stärker als Wasser.) Fast so vertraut wie mit dem eigenen Mann, dem Gatten, aber das mit dem Gatten sei natürlich eine andere Art Liebe. Auch ohne den Vater könne sie bis heute nicht sein. Und über das »Nicht-ohne-den-anderen-sein-Können« gab es eine berüchtigte Anekdote, die meine Mutter dann und wann zu erzählen pflegte, und sie geht wie folgt: »Wenn einer von uns beiden stirbt, dann ziehe ich nach Stuttgart«, habe die feine alte Dame, so meine Mutter, einmal in ihrer Gegenwart zu ihrem Mann gesagt.

Tja.

Liebe ist eine seltsame Sache. Ich wollte nicht darüber urteilen, ob meine Großmutter ihren Mann geliebt hat. Sicherlich hat sie ihn geliebt.

Und was war ihr jetzt geblieben?

Die feine alte Dame schaute auf ihre filigrane Golduhr.

Der silberne Hampelmann blickte mich an, als wolle er mit den Achseln zucken.

Die Zeiger schienen sich nicht zu bewegen.

Und so saßen wir noch etwas länger und schwiegen weiter.

Sie tat mir unendlich leid.

»Soll ich dich aufs Zimmer bringen?«

»Ich möchte von Frau Dresenkamp aufs Zimmer gebracht werden.«

»Soll ich Frau Dresenkamp holen?«

»Nein. Frau Dresenkamp wird schon kommen. Dafür wird sie bezahlt.«

Schließlich kam die bezahlte Stütze der feinen alten Dame im Alter und rollte sie weg vom Tisch, runter von der Terrasse, und eine Katze miaute neben der Hotelterrasseneingangstüre und bekam einen Tritt von einem der aufmerksamen Kellner.

Gegen 17 Uhr holte uns der Ivo mit dem Imre und seinem solide nagelnden Mercedes vom Hotel ab. Die feine alte Dame würdigte mich keines Blickes, oder vielmehr: Sie gewährte mir eben exakt so viel Aufmerksamkeit, dass niemand um uns herum stutzig werden konnte und sollte. Also schien alles wie immer. Ich war froh darum. Die feine alte Dame scherzte mit dem Ivo auf der Fahrt übers Land und durch einige Dörfer hindurch

(wobei die Straßen immer schlechter wurden und wir ab und an Pferdefuhrwerken begegneten), bis wir schließlich unser Ziel erreichten: Marias Haus, ein Bauernhof, rot gestrichener Putz, einstöckig, daneben ein Verschlag mit drei Schweinen und ein paar Ziegen, die Ziegen blökten, und das Gras drum herum war verdorrt wie überall, und wie überall zirpten die Grillen und Zikaden, und überhaupt wurde zu unserem Empfang ein großes Hallo veranstaltet. Im Hausinneren war es dunkel.
Eine Sechzigwattbirne leuchtete über dem Tisch, nackt, ohne Lampenschirm, dafür von einem Nachtfalter umschwärmt, der ab und an surrend gegen diesen elektrischen Mond stieß, die Lichtquelle an ihrem langen, hellgrauen Kabel in Schwingung brachte und die Schatten zum Leben erweckte; die Schatten der Schüsseln und Teller und Gläser auf dem Tisch schwangen hin und wieder zurück, ihre Schatten wurden verlängert, nur um sich im nächsten Augenblick, im Rhythmus des Schwingens, wieder zu verkürzen. Wenn der Nachtfalter stärker gegen die Glühbirne prallte, legte die Schwingung auch einen rhythmisch wiederkehrenden Schatten über die Gesichter, nur dass dann einer der beiden Gastgeber träge aufstand und mit fleischiger Hand den Nachtfalter verscheuchte. Insbesondere die Gastgeberin erhob immer wieder schwerfällig in der Schwingung von Licht und Schatten ihren Leib und strich sich dabei das geblümte Kleid glatt, strich es glatt, damit es wieder sicher das Knie verdeckte – darunter waren für einen kurzen Augenblick die kräftigen und rasierten Unterschenkel mit sich blau unter der Haut abzeichnenden Adern sichtbar geworden, Adern, die teils in dicken Knoten bis hinab zu den Füßen reichten, bis hinein in die Bastpantoffeln (eine Art Strand- oder Urlaubsschuh, dachte ich und schmunzelte, weil – ja, passend zur Situation schienen sie mir nicht) –, um eben dann mit feister, fleischiger Hand, dafür aber mit einer bestimmten, ruckartigen Bewegung den Nachtfalter zu vertreiben, nach der Glühbirne zu greifen

und sie in Ruheposition zu bringen, das Schwanken des Lichts und den Tanz der Schatten zu unterbinden, das dem ewig auf- und abschwellenden Meer gleiche Wogen zu beenden, sich wieder zu setzen und im Hinsetzen erneut ihr Kleid glatt zu streichen, diesmal über dem Hintern, dann nahm sie das Gespräch wieder auf, füllte die Getränke nach, bis der Falter, die Motte, das Insekt, das nur tat, was es konnte, denn da war der Mond, der hellgoldene Mond, den es wieder und wieder stupide, ja, vielleicht glücklich ansteuerte, anflog, umschwirrte, brummend umzirzte, umbalzte, verliebt umtanzte, dann anstieß und wieder anstieß, die Glühbirne erneut in Schwingung versetzte und die Gastgeberin wieder aufstand und sich das alles wiederholte, beim Hinsetzen »Möchtest du noch Wein?« fragte und nachschenkte, ohne auf eine Antwort zu warten, bis sie irgendwann des Ganzen müde wurde, denn das Tischgespräch lief formidabel und äußerst angeregt, man hatte sich offensichtlich viel zu erzählen, und das Insekt summte und brummte gegen die Glühbirne und wieder schaukelte der Raum, tanzte der Raum durch die bewegten Schatten und zog mit den Schatten das Gespräch mal in diese, mal in jene Richtung, ließ es nie verstummen, ließ es branden und wogen (wobei einzelne Themen rhythmisch-monoton wiederzukehren schienen (Familie, Beruf, Kriegs- und Nachkriegszeit, das Wundersame der Wiederbegegnung aller Anwesenden), als würden sie, Kieseln gleich, immer wieder in die Flut und von der Flut an den Strand gespült, würden rundgeschliffen und durchgewalkt und durchgekaut, und das Essen schmeckte hervorragend (Schaschlik, Ajvar, Bratkartoffeln, Huhn und andere Dinge, Spezialitäten, die ich nicht kannte) – ich ließ es mir schmecken und sprach dem Rotwein gut zu. Ivos Backen und die Bäckchen der feinen alten Dame und die von Maria und Franceska und von Marias Gatten (der ruhig dasaß und sich nur zum Lachen, zum Mitlachen und im Wogen von Rede und freudiger Antwort zum lachenden Kommentar aufgefordert zu fühlen schien), die Wangen und Bäckchen glitzerten allesamt im Fett der Hähnchenschenkel, der exquisit gewürzten Keulen, zu deren händischem Verzehr man gemeinschaftlich übereingekommen war, anstatt sie mit kultiviertem Umstand mit Messer und Gabel zu filetieren: »Ach, wie das schmeckt!«, sagte genüsslich kauend die feine alte Dame, und Maria antwortete: »Ein altes Familienrezept«. Alle anderen grunzten zufrieden, und ich schenkte mir etwas Rotwein nach – und so wogte alles munter auf und ab und hin und her), selbst Anne schien mir ab und an friedlich, fast freundschaftlich, zuzublinzeln, auch Franceska sparte nicht mit Lächeln für meine Person, warum auch immer, dann stand der Ivo plötzlich auf, langsam, sich an der Stuhllehne festhaltend und nach oben drückend, seinem Aufstehen eine gewichtige Bedeutung und Aufmerksamkeit verleihend, die naturgemäß wiederum Bedeutendes folgen lassen würde:

»Ein Toast! Auf unser aller Wiedersehen! Schließlich … Wer hätte das gedacht! Und jetzt bist du hier. Bei uns. Nach all der Zeit wieder bei uns. Prost! Ein Prosit auf dich – und auf alles, was war, was ist – und natürlich auf alles, was sein wird! Auf den Import-Export!« Wir alle hoben die Gläser in die Höhe, der feinen alten Dame zu Ehren, die vor Scham ganz rot angelaufen war und zufrieden kicherte, neckisch in sich hinein kicherte und gluckste, zufrieden ihren Blick – einen jeden der Anwesenden musternd – schweifen ließ und sich mit der linken Hand unbewusst an den silbergewirkten Faden des silbernen Hampelmannes fasste, jedem der Anwesenden in ihrem Blick wie abwesend zunickte und dabei den silbernen Hampelmann bewegen ließ, wie es eben nur ein Hampelmann konnte, und alle riefen »Živjeli!« und »Živjeli!« und »Živjeli!« und stießen lachend miteinander an. Als ich mit der Maria anstieß, fixierte sie mich mit ihrem Blick beim Anstoßen derart (einem Starren gleich), dass ich ihm nicht standhalten konnte, so lange nicht standhalten konnte (hinter der feisten Maria an der Wand (weicher, aber unregelmäßiger weißer Putz) eine Ansammlung gerahmter Familienfotos, und inmitten der Familienfotos auch eins mit der feinen alten Dame: jünger, Sonnenbrille, Kopftuch, in der Mitte von Ivo und Maria stehend. Alle lachen. Sommer, Sonne, Sonnenschein), bis ich mir der Unhöflichkeit ihr gegenüber schamhaft bewusst wurde und mich zwang, ihr mit einem Grinsen zuzuprosten ... Ja, Živjeli! Und derweil stieß der Nachtfalter immer noch und wieder gegen den elektrischen Mond, summte und brummte drum herum, setzte sich an die Decke, verharrte dort, startete wieder, flog seinem nahen und doch unerreichbaren Ziel entgegen, denn Frau Dresenkamp war aufgestanden und zerschmetterte mit ihren plötzlich zusammenzuckenden Händen das Insekt, wischte sich, nachdem sie sich kurz die Überbleibsel, den leblosen Nachfalterrest (der auf einem der Hühnchenknochenteller endete), beschaut hatte, die Hände an ihrer Serviette ab und setzte sich, als sei nichts gewesen. Und weil ja wirklich nichts gewesen war, jetzt nichts mehr war, lachten die feine alte Dame und der Ivo und die Anne, nur die Franceska schaute etwas scheel, und Maria warf ein weiteres »Živjeli!« in die Runde.

Wir tranken Schnaps, die Gespräche glucksten fröhlich vor sich hin, das elektrische Licht hing starr und gleichmäßig warm leuchtend über uns, der Gastgeber zündete sich eine Zigarette an und die Frauen standen wie auf ein verabredetes Zeichen hin auf und gingen aus dem Esszimmer. Der Gastgeber, Marias Mann, blieb mir gegenüber sitzen, nachdem die alte Dame ins Nebenzimmer gerollt und die Türe geschlossen worden war, und versuchte so etwas wie ein (durchaus nicht unsympathisches) Lächeln, das allerdings unter seinem Schnauzer, hinter den dicken Barthaaren, schwer zu erkennen war und die Wangen nur kaum merklich bewegte – vielleicht hatte ich es mir auch nur eingebildet, ein Wunschdenken. Dann schenkte er mir nach, wir stießen an, tranken den Schnaps, und er rauchte, und vielleicht hätte ich jetzt auch gerne geraucht, damit angefangen, nur, um etwas zu tun zu haben, während der Gastgeber langsam und genüsslich seinen Rauch ausstieß, ein Berg von einem Mann, um die fünfzig und kräftig, vierschrötig, mit Schwielen an den Händen, die Haut rissig, schwarze Risse, mit Öl oder Erde getränkt oder eingearbeitet. Das war er also, der Mann von Maria, der Mann mit dem Import-Export-Geschäft. Wir schauten uns an. Marias Mann lehnte sich gemütlich in seinem Stuhl zurück. Dann fragte er mich, ob ich schon einmal geschossen hätte.

»Nein.«

»Willst du mal?«

»Ich weiß nicht ...«

Er schenkte uns einen weiteren Schnaps ein, wir stießen an, tranken und setzten die Gläser wieder ab.

»Komm.«

Wir gingen in den Keller und nahmen die Schnapsflasche mit. Im Keller öffnete er eine Tür und knipste das Licht an. Der Raum war kühl und trocken und an den Wänden hingen diverse Waffen, ordentlich und aufpoliert hingen sie an der Wand: Gewehre, Pistolen, Schrotflinten und zwei oder drei Schnellfeuerwaffen. Der Gastgeber grinste, und dieses Mal war es nicht schwierig zu erkennen, dass er es tat, die kleinen Grübchen zeichneten sich deutlich in seinen Wangen ab. Er hatte die Hände in die Hüften gestützt (in der linken Hand baumelte die Schnapsflasche) und sein Grinsen weitete sich zu einem Lächeln, und das Lächeln wurde breiter, der Bart schien leicht zu vibrieren, und schließlich konnte ich seine Goldzähne sehen.

»Such dir eine aus.«

»Was?«

»Such dir eine aus.«

Er reichte mir den Schnaps.

Ich nahm einen Schluck.

Na gut. Aber welche?

Ich ging zur Wand und blieb vor den Waffen stehen, betrachtete sie, schritt die Wand ab, nach links, dann nach rechts, und schaute auf die Waffen: auf Pistolen, einige mit hellem Holzknauf, andere mit schwarzem Kunststoff – oder war es doch Metall? –, auf die silbernen und schwarzen Läufe und auf die Gewehre, schwarz zumeist und mit Holzgriff, nur eines silbern, mit Doppellauf und Gravur (ein Hirsch, schräg von hinten, den Kopf aufmerksam und hochgereckt zum Betrachter blickend): eine Schrotflinte, dazwischen die drei oder vier Schnellfeuerwaffen, Handfeuerwaffen und Gewehre, stumm an der Wand, glänzend, geölt und gut in Schuss, aber ich wusste damit nichts anzufangen und ging einfach nur die Wand entlang, von links nach rechts und von rechts nach links, die Waffen betrachtend, ich konnte mich für keine entscheiden. Schließlich schob mich der Gastgeber zur Seite und nahm eines der Gewehre von der Wand. »Das gehörte meinem Großvater. Er gab es an meinen Vater weiter. Und dieser an mich. Mein Vater und ich, wir haben beide damit das Schießen gelernt. Jeder von seinem Vater. Es ist nicht besonders präzise, aber wenn du mit dem schießen kannst, kannst du mit jedem Gewehr schießen.«

»Können deine Töchter damit umgehen?«

»Ist nichts für Mädchen.«

»Aha.«

»Ja.«

Pause.

(Kurz schien er nachdenklich. Vielleicht dachte er an seine Töchter, vielleicht fragte er sich, warum er keinen Sohn zustande gebracht hatte (wie der Ivo gesagt hatte), womit die Tradition des Gewehrweitergebens unterbrochen worden war.) Er wog das Gewehr in den Händen und fuhr dann mit der einen Hand den Lauf entlang, setzte das Gewehr an die Schulter, zielte auf ein imaginäres Ziel (mein Gesicht, dann irgendwo, jenseits der Wand), nahm es wieder runter und schaute mich an.

»Mein Großvater ging damit auf die Jagd. Ein Wilddieb. Er schoss, was ihm so vor die Flinte kam: Rotwild, Wildschweine, Hasen. Im Zweiten Weltkrieg war er dann bei den Partisanen und schoss auf das, was ihm so vor die Flinte kam: Deutsche, Italiener, Ungarn, Österreicher, Serben, Kroaten, Wehrmacht, SS und Kollaborateure. Und dann, im Sozialismus, in Jugoslawien, unter Tito, schoss er wieder Wild. Dann schoss auch mein Vater Wild und brachte schließlich mir das Schießen bei, aber als ich dann bei der Polizei anfing, war's für mich vorbei mit dem Wildschießen.«

Er hob das Gewehr wieder zur Schulter, ließ den Hahn leer klacken, drückte einmal den Abzug durch, drückte ab, es klackte metallisch, dann ließ er es wieder sinken.

»Denn dann hatte ich meine Dienstwaffe.«

Er hängte das Gewehr wieder an die Wand und nahm eine Pistole:

»Diese hier.«

Er nahm einen Schuck Schnaps und wog die Pistole in der Hand, wog auch diese, als gelte es, Erinnerungen gegeneinander abzuwägen.

»Ich habe damit niemals auf einen Menschen geschossen. Nicht mal auf einen gezielt. Es ist eine schöne Waffe, robust, solide, eine Zastava CZ-99, und eine der ersten von 1989 ... Aber mein Großvater, im Zweiten Weltkrieg, der hat ...«

Und er erzählte, wie sein Großvater auf Menschen geschossen hatte. Aus der Distanz, aus dem Hinterhalt. Wie dann die Körper einfach umfielen, der Körper des Getroffenen einfach in sich zusammensackte und –

»Willst du einen Schluck?« Er reichte mir die Schnapsflasche.

– wie sich der Körper des Getroffenen wegdrehte und fiel, und wie nur manchmal das Sterben länger dauerte, Schreie zu hören waren, aber immer erst später, vielleicht versuchte einer von ihnen noch, zwar getroffen, aber vom Überlebenswillen getrieben oder vielleicht von unartikulierbaren Schmerzen (denn diese sagten nichts, schrien nicht, gaben keinen Laut von sich), davon zu robben wie eine Schlange, oder auf allen vieren, oder, nachdem er getroffen, gefallen und zusammengesackt war, sich aufraffte, versuchte aufzustehen, versuchte (krabbelnd oder hinkend oder sich auf zwei Beinen schleppend), sich aus der Schusslinie (von wo war der Schuss gekommen?) zu flüchten. So jedenfalls habe es ihm der Großvater erzählt, sie schrien nicht, nur die mit Bauchschuss, die, die einfach liegen blieben, die einfach im Sterben lagen, für sie gab es keine Hoffnung, sagte er, und dann sind sie, die Partisanen, runtergegangen, runter zu den Toten und Schreienden, den Sterbenden und Keuchenden, und sie wussten, dass in den Schatten, in den Ecken, in den Verstecken, den Felsvorsprüngen und Gräben noch die Angeschossenen, aber nicht tödlich Verletzten lauerten, lauerten und in Angst zitterten.

»Aber mein Großvater erzählte, er erzählte, dass sie doch runter mussten! Das tut man keinem Tier an! Runter zum Schlachtfeld und die letzten Überlebenden erschießen. Die, die sich versteckt hatten, zuerst – wie sie dann über die Straße gingen und mit der Pistole die Schreienden hinrichteten und wie sich ihre Leiber nach dem Kopfschuss kurz zusammenzogen, fast aufbäumten und dann ruhig liegen blieben ...«

Er war in seiner Erzählung immer lauter geworden, bis er am Schluss fast gebrüllt hatte, doch jetzt riss seine Erzählung plötzlich ab, hörte einfach auf, und es war still. Ich fragte mich, welche Erfahrungen er wohl selbst im Bürgerkrieg gemacht hatte, wollte den Gedanken aber nicht zu Ende denken und nahm einen Schluck. Der Schnaps gluckste lustig in der Flasche.

»Klack!«

Wieder hatte er den Hahn schnappen lassen, und ich verschluckte mich und hustete, er nahm mir die Flasche ab und trank, blickte dann stumpf vor sich hin und sagte:

»Aber mit dieser Waffe habe ich nie auf Menschen geschossen, noch nicht einmal gezielt. Es ist schließlich eine Dienstwaffe. Und im Dienst war es nie notwendig. Selbst bei der Geiselnahme damals. Kein Schuss. Kein einziger Schuss. Ja. Mein Großvater ging nach dem Krieg nur noch selten jagen. Er überließ es meinem Vater, und mein Vater brachte dann das Wild nach Hause, und danach ich, aber dann fing ich bei der Polizei an und konnte mir das nicht mehr erlauben.«

Pause.

»Deine Großmutter muss sehr froh sein, als erstgeborenen Enkel einen Jungen bekommen zu haben. Hast du dir schon eine Waffe ausgesucht?«

»Was ist das eigentlich mit dem Import-Export-Geschäft?«

»Import-Export-Geschäft?«, rief er und lachte und wiederholte: »Import-Export-Geschäft? Da musst du Maria fragen. Damit hab ich nichts zu tun. Frag Maria. Obwohl – «

Er unterbrach sich und grinste.

»Nimm die.« Er nahm das Traditionsgewehr der Familie wieder von der Wand, öffnete eine Schublade und entnahm ihr eine Handvoll Patronen, die er in die Tasche seiner Cordhose steckte. Wir verließen den Keller und gingen wieder rauf, stiegen die Treppe hoch, gingen durch die Haustür hinaus in die Nacht. Sie schlug uns schwer, schwarz und schwül ins Gesicht, worüber wir lachten (oder war es, weil ich über die Türschwelle gestolpert und der Länge nach hingefallen war?). Er machte Licht, eine Lichterkette aus nackten Glühbirnen, die sich vom Haus zu einem Apfelbaum hinzog, und im goldgelben Licht der Glühbirnen stellte er eine alte grüne Glasflasche auf den Holzblock, der eigentlich fürs Holzspalten gedacht war, eine langstielige Spaltaxt lehnte noch daran, dann lud er das Gewehr, gewissenhaft, ruhig und routiniert, ich hörte die Stimmen der Frauen aus dem Zimmer neben der Haustüre zu uns dringen, meinte, den treuen Ivo unter den Stimmen deutlich zu vernehmen, sah allesamt ihre Silhouetten durch das Bastrollo. »Weißt du«, sagte Marias Mann und starrte dabei in die Nacht, »ich mag das Leben hier. Die Landschaft, die Natur. Die Menschen. Ich bin hier geboren.« Er trank einen schweren Schluck aus der Schnapsflasche. »Findest du das lächerlich?«

»Nein.«

»Aber. Ist das nicht. Lächerlich?«

»Ist doch. Schön. Hier.«

Er schaute mich an, grinste schief und schwang den Zeigefinger seiner rechten Hand, gab mir dann das Gewehr und sagte mit einer ausladenden Geste:

»Bitte.«

Und verwies auf den Holzblock und die Flasche.

Ich hörte die Grillen zirpen, den Ivo irgendetwas sagen, meine Großmutter schrill auflachen und das Blut, das in meinen Ohren rauschte.

Ich machte einige Versuche, Schussversuche, auf die grüne Flasche, und ich schoss trefflich daneben. Marias Mann gab mir zur Ermunterung die Schnapsflasche, lud, nachdem ich die Munition verschossen hatte, nach und gab mir väterliche Ratschläge und Erklärungen, wie man das richtig anzustellen habe, wie das mit dem Aus- und Einatmen beim Schießen funktioniere und dass man sich konzentrieren müsse, und ich sagte, das mache ich ja, und er sagte so etwas wie: Du musst mit dem Gewehr eins werden, bla, bla, bla, ja, ja, aber ich versuchte es, und irgendwann, Zufall vielleicht, da zersplitterte die grüne Glasflasche, die grünglühende Phiole, in tausend Teile, explodierte, ließ alle Spannung von sich, indem sie die Teile, ihre Bestandteile von sich gab, sie freigab, frei, einfach so, saftig und sanft, ganz natürlich, wie befreit dumpf ausatmend, von sich gab, von sich spuckte und splitterte. Ich atmete tief durch, und er sagte »Bravo!« und reichte mir die Flasche Schnaps. Ich nahm einen Schluck, während er nachlud und dann selber trank.

Die Frauengruppe plus Ivo hatte sich wohl zwischenzeitlich aufgelöst, zumindest standen sie alle plötzlich vor dem Haus und beklatschten das Ereignis (ich hatte mittlerweile auch die zweite Flasche getroffen), und da standen sie jetzt und applaudierten. Ivo lachte etwas lauter als die anderen, und ich lachte ihn an, und auch er sagte (nachdem ich die dritte Flasche erwischt hatte) »Bravo! Ja, ganz hervorragend!«, aber ich sagte nichts, sondern lud das Gewehr durch, riss es ruckartig hoch und zielte auf ihn, zielte auf seinen Kopf, sein Gesicht, was nicht schwierig war, denn er stand nur fünf Meter von mir entfernt, und die Flaschen nur zwei Meter weiter, und dann gab es eine Stille, eine wunderbare Stille, in der man nur die Grillen oder meinetwegen die Zikaden summen und brummen hörte, sonst war da nichts, außer so etwas wie eine allgemeine Anspannung, während ich auf Ivos Kopf, auf sein Gesicht zielte, mich konzentrierte und ruhig ein- und ausatmete, Ruhe zu gewinnen suchte, mit dem Gewehr eins zu werden versuchte, gleichförmig, mit dem regelmäßigen Atem absoluter Konzentration mein Ziel nicht zu verfehlen trachtete (über mir nur der schwarze Himmel, die Nacht in all ihrer dunklen, monotonen Langeweile).

Dann ließ ich mit einem Lachen das Gewehr sinken, und Marias Mann stimmte in mein Lachen mit ein, etwas später die Frauen und schließlich, mit etwas Verzögerung, auch der Ivo. Die feine alte Dame suchte seine Hand.

Love is in the air in the rising of the sun
love is in the air when the day is nearly done
and I don't know if you're illusion
don't know if I see it through

Und an Marias Hals baumelte lustig und zufrieden der silberne Hampelmann.

Ihr Mann nahm mich zur Seite, reichte mir die fast leere Schnapsflasche und sagte, das wäre kein schlechter Scherz gewesen, das mit dem Ivo, haha, Mann, Mann, der Ivo! Aber es hätte auch in die Hose gehen können, der Ivo habe schon mehrere Bypässe bekommen, sein Herz hätte vielleicht aussetzen können, das wisse man nie, hätte man nicht wissen können, aber, haha, und ich sagte, dass ich davon nichts gewusst hätte. Ach was? Haha. Hätte ich davon gewusst, ich hätte es niemals darauf ankommen lassen. Ehrlich. Er schlug mir auf die Schulter, lachte wieder und sagte, er wisse ja, haha, und: So einen Sohn habe er sich immer gewünscht. Echt jetzt, nicht wegen dem Alkohol, der habe damit nichts zu tun, einfach so, weil er mich liebe, und ob ich das Gewehr nicht geschenkt haben wollte?

Wozu sich im Hotelzimmer aufhalten, wenn man es dort nicht aushält, hatte ich gedacht, als ich mit meinen Studienunterlagen an der Hotelbar saß. Ich bestellte einen Weißwein. Die Großmutter schlief jetzt sicher ihren Schlaf in ihrer Suite (mit offener Terrassentüre zum Meer hin). Oder sollte ich einfach den Gang entlang, weg von der Hotelbar gehen, die Medizinunterlagen einfach liegen lassen und den Gang runter und raus auf die Hotelterrasse gehen, raus zum Meer, schwarz in seiner Weite und seiner Monotonität. In seinem Klatschen und Wellenbrechen gleichförmig und beruhigend. Zur Nacht hatte sich die feine alte Dame kurz und sachlich von mir verabschiedet. Was hätte ich weiter sagen sollen? Ich stapelte Zuckerwürfel zu kleinen Türmchen. Was hatte ich überhaupt erwartet? Vielleicht sollte ich also doch zum Meer hinaus gehen, das man von hier, der Hotelbar, nur durch eine Panoramaplexiglasscheibe erahnen konnte? Sollte ich rausgehen, um zu sehen, wie die Sterne auf den Wellen funkeln? Ganz bestimmt nicht. Hier an der Hotelbar, da war das Meer nur eine Fantasie und weit weg und nicht ernst zu nehmen, von hier wurde es nur konkret, wenn man daran gedacht, wenn man eine Sehnsucht danach gehabt hätte. Und hätte man sie gehabt, man hätte eben einfach den Gang hinuntergehen können und sie befriedigen können, aber ich hatte die Sehnsucht nicht, hatte nicht einmal mehr eine Vorstellung davon. Frau Dresenkamp schien diese Sehnsucht auch nicht zu haben, kein Bedürfnis nach dem da draußen zu haben – auch sie schien die Hotelbar vorzuziehen, warum auch immer, auf jeden Fall erschien sie plötzlich neben mir und fragte, ob sie sich zu mir, neben mich, setzen dürfe. Ich war etwas überrascht und sagte: »Selbstverständlich, ja, natürlich. Wollen Sie was trinken?«

Dann wurde es etwas umständlich. Ob ich sie einladen dürfe? Frau Dresenkamp schaute mich an, dachte nach und rieb die Goldkette mit den feinen Gliedern, die sich so sanft an ihre linke Hand zu schmiegen schienen, zwischen Daumen und Zeigefinger, drehte dann die Goldkette um ihr Handgelenk, etwas nervös und vielleicht verlegen, und dann sagte sie, sie habe ihre Prinzipien und bestellte sich einen Gin-Fizz. Ich schlug meine Studienunterlagen zu und schob das Zuckerwürfeltürmchen beiseite. Beinahe erleichtert über die Gesellschaft. Auf jeden Fall neugierig. Doch zunächst saßen wir ein Weilchen, und dann saßen wir noch etwas länger, und irgendwann seufzte Frau Dresenkamp, was ich mit einer Gesprächsaufforderung verwechselte und sie fragte, wie es ihr ginge.

»Tja«, sagte sie. »Wie soll es schon gehen«, sagte sie und lachte. Es wurde kurz still. »Wissen Sie, diese Kette hier«, sie ließ die Goldglieder wieder durch die Finger ihrer Hand und um das Handgelenk wandern, »ich lege sie niemals ab. Ein Geschenk meines Vaters. Eine Erinnerung.« Wieder machte sie eine Pause. »Mein Vater hat immer gesagt: Gier bringt die Menschen um!«, und dann lachte sie, wurde wieder ernst und trank dann einen großen Schluck. »Warum erzähle ich Ihnen das?«

»Woran ist Ihr Vater gestorben?«

»Ein betrunkener LKW-Fahrer ist nachts auf der Landstraße frontal in sein Pferdefuhrwerk gefahren. Blieb nicht viel. Übrig.« Frau Dresenkamp musste aufstoßen.
Es wurde wieder still.
Frau Dresenkamp bestellte sich einen weiteren Gin-Fizz. Als sie ihn in der Hand hielt, fragte sie, ob wir offen miteinander reden könnten. Ich sagte: »Warum nicht. Ja. Selbstverständlich.« Sie schürzte Bedenken vor: Man kenne sich ja kaum, aber ich antwortete, dass wir ja immerhin beide wegen derselben Person hier seien und dass uns das doch bereits verbinde. Frau Dresenkamp sagte: »Ja. Genau«. Dann hob sie an, über die Unverständlichkeit dieser Zusammenkunft und dieser Reise zu sprechen, wie auch der Unverständlichkeit für sie selbst, hierhergekommen zu sein, wo sie sich doch einfach für sich und ihren Mann und natürlich für ihre Tochter nur ein anderes, am besten ein besseres Leben, gewünscht habe. Ein Leben in Freiheit – oder zumindest in Unabhängigkeit. Vielleicht auch – und das unterm Strich – schlicht und ergreifend für ihre Tochter. So begann sie von sich zu erzählen und erzählte dabei von sich als Transitstation, als durchaus negierbare Zwischenstation zugunsten der Potenzialität von Lebenswirklichkeitsmöglichkeiten ihrer Tochter, berichtete über sich nur wie von etwas, dessen Zeit und Möglichkeiten ohnehin abgelaufen waren, berichtete über sich ausnahmslos in der dritten Person, wie außer sich, von einer Person, die einfach nur funktionieren wollte, nur funktionieren musste, um ihrer Tochter etwas Besseres zu ermöglichen, etwas Besseres zu eröffnen (es fiel mir zunehmend schwer, ihr inhaltlich zu folgen. Ich hatte nur das Gefühl, dass sie mir etwas für sie und über sich Wichtiges mitzuteilen wünschte oder dass sich das jetzt langsam und Schritt für Schritt, Satz für Satz den Weg bahnen, aus ihr herausbrechen würde), etwas, für das man doch einmal zusammen mit dem Mann gekämpft habe, an das man zusammen geglaubt habe, weswegen man doch überhaupt

erst die ganze Last, die ganzen Strapazen, das Fremde, auf sich genommen habe, dass man (und damit meinte sie sich selbst, als involvierte, aber durch sich selbst negierte und dennoch handelnde Person), dass man jetzt (trotz aller Absprachen, Wünsche und Träume) ganz alleine die Hauptlast tragen müsse, dass es einem schon auf den Schultern laste, eben das, was man zusammen einmal geschultert habe, dass diese Verabredung jetzt gebrochen sei und man sich auf den anderen nun nicht mehr (wie ehedem blind) verlassen könne, nicht verlassen dürfe – und dann brach es aus ihr heraus:

»Mein Mann ist spielsüchtig. Nicht an Automaten. Er spielt ständig. Zuhause. Computerspiele. Das ist …! Das kann man eigentlich niemandem erzählen. Das glaubt einem keiner. Albern! Aber man kriegt ihn nicht weg von der … (sie musste aufstoßen) von der *Kiste*.«

Sie schaute mich eindringlich an (ihre beiden Augen fixierten abwechselnd erst mein linkes, dann mein rechtes Auge – und huschten somit ständig hin und her) und schaute so, als hätte sie von mir kein Verständnis, kein Zutrauen zu erwarten, aber das schien ihr jetzt egal, peripher, es war ihr ja bereits bekannt (so schien es), wie die Reaktion, die Meinung, das Urteil eines Fremden ausfallen musste, es waren doch alle Reaktionen auf ihre Erzählung immer gleich ausgefallen, doch ging es jetzt für sie, für die abwesend-anwesende Frau Dresenkamp, ums Eigentliche: nämlich jemandem endlich einmal alles uneingeschränkt zu erzählen (dachte ich), und so erzählte sie (aus ihrer Geschichte wurde jedoch nur eine (vielleicht alkoholbedingte) Erzählschleife, doch steigerte sie die Intensität, die Eindringlichkeit ihrer Worte), wie sie sich vom Mann, vom Partner, mit dem man doch … (Frau Dresenkamp ließ ihre goldene Handkette Glied für Glied, einem Rosenkranz gleich, um das Handgelenk wandern), man wollte doch zusammen …, hatte doch alles zusammen machen, das alles machen und schaffen wollen …, hatte alles zusammen auf eine Karte gesetzt und war weggegangen, zusammen, gemeinsam, und jetzt waren sie da, in Deutschland, ja ... oder etwa nicht? Sie fragte: »Alexander, sagen Sie mir, was ist Verantwortung? Was bedeutet Freiheit?« Ich sagte nichts, ich nickte bloß. Ja, sie fühle sich alleingelassen, allein, ja (und kurz lachte sie auf), und jetzt kämpfe sie eben alleine für ihre Familie, jetzt nicht mehr nur für die Tochter, sondern auch um ihre Ehe kämpfte sie und konnte sich (wie sie sagte) in diesem Kampf nicht mehr wahrnehmen, nicht mehr als Subjekt wahrnehmen, kam sich wie ein Objekt vor, kam sich vor, als werde sie nur als Objekt wahrgenommen, von der Gesellschaft, von Deutschland, von meiner Großmutter, und deswegen – und das wäre ihr Rettungsanker, ihr letzter Stolz, ihre letzte Grundvereinbarung und Übereinkunft mit sich selbst – wären ihre Prinzipien: »Nimm nichts von anderen, nimm nichts, was du nicht verdient hast.« Genau daraus, so fuhr sie fort und bestellte sich einen weiteren Gin-Fizz, erwüchsen ihre Probleme. Nun gut, sie sei, aufgrund ihres Lebens – und das sei ja immerhin, *immerhin* selbst gewählt – in die Rolle eines Beobachters, bestenfalls, zurückgedrängt, neben dem Objekthaften, der Objekthaftigkeit, der Behandlung ihrer Person als Objekt (»Wenn das Essen nicht pünktlich auf dem Tisch steht, dann bekommt man Ärger. Ob man die Familie denn nicht mehr liebe, und wenn man sie schon nicht mehr liebe, ob man dann nicht zumindest seine Rolle, seine Aufgaben erfüllen könne?, wird man gefragt. Ich frage Sie: Was soll man da tun?«) und deshalb sei sie eben eine (wenn auch aktive und handelnde und bemühte) Beobachterin, denn sie könne sich eben immer nur ihren Teil denken, könne es nie sagen, aussprechen – aber das, was sie sehe, mache sie krank – »Entschuldigen Sie, ich habe schon etwas getrunken« –, es mache sie wirklich krank! Ob es mich nicht auch krank machen würde? Ich fragte: »Was?«

Frau Dresenkamp begann ihre Hände zu untersuchen. Ja, ob ich das denn nicht wisse?

Ich antwortete, dass ich es nicht wisse, allenfalls hätte ich eine Vermutung, Frau Dresenkamp lachte wieder kurz und trocken auf und sagte: »Vielleicht belassen wir es bei der Vermutung.« Sie rieb an ihrem Altersfleck auf der rechten Hand, der immer noch nicht verschwinden wollte, aber sie betrieb das Spiel weiter, hielt das Spiel des Altersfleck-wegreiben-Wollens noch etwas aufrecht. Dann zahlte sie, und die wie hingeworfen daliegenden Münzen funkelten goldgelb im Neonlicht der Bar, ein kleiner Haufen, ein Häufchen goldfunkelnder Münzen. Frau Dresenkamp fragte:

»Wissen Sie, was das maskulinste weibliche Lebewesen auf der Erde ist?«

»Nein?«

»Der Vogelstrauß. Die dicksten Eier und ein Spatzenhirn.«

Ich musste lachen. Auch Frau Dresenkamp lachte. Dann sagte sie: »Entschuldigung« und ging auf ihr Zimmer.

Ich saß da, blickte aus dem Panoramafenster und stellte mir vor, wie sich der Mond silbern auf dem Meer brach, die Wolken um sich in neblig-diesiges Licht hüllte, aber sehen konnte ich nichts. Also schlug ich, weil ich nichts Besseres mit mir anzufangen wusste, meine Medizinunterlagen wieder auf und versuchte etwas zu lesen, was ich nicht verstand. Vielleicht, weil ich mich nicht darauf konzentrieren konnte, weil ich schon wieder betrunken oder weil es mir in dem Moment egal, nicht wichtig war, nicht wichtig sein konnte; ich dachte vielmehr über das nach, was Frau Dresenkamp mir gesagt, was sie erzählt hatte, und ich hatte das Gefühl, nein, ich war mir sicher, dass sie all das, was sie von sich selbst und über ihre Familie erzählt hatte, alles nur auf einen Punkt hin hatte zulaufen lassen – ich gebe es zu: Zugehört hatte ich nicht wirklich, ich war mit mir selbst beschäftigt gewesen, mit meinen Erlebnissen hier, den Ereignissen der letzten beiden Tage, und ich versuchte die Erinnerung daran beiseite zu schieben. So kam ich reflexartig immer wieder auf das abgeschwollene Knie, ich musste an den Wunderheiler denken, der das Knie zum Abschwellen gebracht hatte, signifikant zum Abschwellen gebracht hatte (selbst die Entzündungshitze, das hatte ich überprüft, war aus dem Gelenk verschwunden), immer wieder versuchte ich mich zu fragen, ob ich nicht trotzdem zum Abschwellen des Knies einen Teil beigetragen, ob ich nicht Anteil daran gehabt hatte, ja, gerade eben durch mein Nichtstun, dadurch, dass ich nicht erwähnt hatte, dass das alles Humbug gewesen war, was dieser Wunderheiler da getan, so rhythmisch fabriziert hatte, dass ich eben den Placeboeffekt nicht verbal konterkariert und eben dadurch unterstützt, den Selbstheilungsgedanken meiner Großmutter *erst dadurch* freien Lauf gelassen hatte – doch dann fragte ich mich, ich fragte mich, warum zum Teufel ich daran hatte Anteil haben wollen. Ich hatte doch eben nichts getan. An dieser Stelle kam mir jetzt immer wieder Frau Dresenkamp in den Sinn, denn nun schien mir alles, was sie gesagt und erzählt hatte, so, als sei es eben argumentativ bei ihr auf diesen einen Punkt hinausgelaufen:

Macht Sie das nicht auch krank?

Ich hatte gelogen mit meiner Antwort. Ich hatte gesagt, ich wüsste es nicht, ich hätte allenfalls eine Vermutung – und die Vermutung war eben eine Lüge, eine Aufforderung zum Weiterreden, zur Konkretisierung des von Frau Dresenkamp Gesagten gemeint gewesen –, und jetzt saß ich hier wie ein Esel und wusste nicht weiter; ich konnte nur meine Gedanken über das Passierte, hier Erlebte und Gehörte kreisen lassen und kam zu keinem Ergebnis, nur zu einer leisen Verzweiflung.

Ein wenig später ließ ich den ausstehenden Betrag auf meine Zimmernummer anschreiben und ging.

Ich ging auf mein Zimmer, trat ins Bad und starrte in den Spiegel. Ich sah ein schief-grinsendes Gesicht. Und dann sah ich ein graues Haar. Genau neben dem Scheitel. Ich riss es aus, versoffen und gelangweilt, legte mich aufs Bett und versuchte zu schlafen. Es ging nicht. Also öffnete ich die Tür zur Terrasse, die monotonen Geräusche der an den Kiesstrand rollenden Wellen würden es schon richten, dachte ich, die Wellen würden mich schon in den Schlaf schaukeln, dachte ich, als ich mich in die Bettdecke einrollte.

IV1/2

Die Sonne geht auf, steht kurz mitten am Himmel und geht wieder unter. Ich habe Fieber und schlafe viel. Draußen die Geräusche von Eisenstiefeln, Eisenschuhen, wie sie vielleicht Rüstungen von sich geben, mittelalterliche Ritterrüstungen.

Man füttert mich mit Brei.
 Ich genese.
 Man applaudiert.
 Ich mache einen Knicks.

Auf dem marmorgepflasterten Marktplatz ist eine große Versammlung.

Aus Turbopropmaschinen werden Millionen von Flugblättern abgeworfen. Sie segeln sanft und langsam wie Schnee zur Erde, nur größer, denke ich – alle haben die gleiche Form, denke ich, schön, denke ich, und hebe eins vom Boden auf, auch Ivo hebt eins vom Boden auf, auf meinem ist ein gelbes Smiley und auf Ivos ein Stinkefinger aufgedruckt.

Weit entfernt in der Menschenmasse meine ich jemanden zu erkennen.

Aber der sieht doch aus …

»Oma, Oma, hast du *den* gesehen? Da! Schau! Der sieht aus wie Opa!«

Und Oma streckt kurz den Kopf, fasst mich hart am Arm und sagt: »Vater ist tot. Er ist tot. DER VATER IST TOT, VERSTEH DAS DOCH ENDLICH!«

Mir schießen die Tränen in die Augen. Ich weine. Die Oma starrt mich an. Sie gibt mir eine Ohrfeige.

Ivo fragt, ob wir Zählen spielen.

Ich weine weiter.
Die Oma weint oder weint nicht und sagt:
»Du magst dazu einen Grund haben, aber bebauen kannst du ihn nicht.«
Ich reiße mein Gewehr hoch und feuere in Richtung der vorbeieilenden Männer, aber da ist niemand mehr, die Kugeln zerplatzen an den Häuserwänden und prallen am Marmor ab, pfeifend. Dann Stille, und ein Hund schleicht winselnd (wie auch anders, ich meine: Es ist Krieg!) über die Straße, oder besser: die Gasse.
Ich wische mir die Tränen und den Rotz von der Nase.
Ivo lacht.
»Aber du kennst Opa gar nicht.«
»Doch, von Fotos.«
»Das ist aber nicht …«
»Doch. Doch. Doch.«
Ich stampfe auf, man reicht mir ein Spielzeug.
Frau Dresenkamp holt tief Luft und pustet. Alle Flugblätter wirbeln vom Boden in die Höhe.
Ich staune.
»Kein Grund zur Sorge.«, sagt die Oma.
Menschen sind um uns, um uns herum, auf dem Platz, dem Marktplatz – der Marktplatz ist voll und verstopft mit Menschenkörpern.
Ich atme ruhig.
Die Körper stehen dicht, scheinen sich zu reiben, erzeugen einen Klang, erzeugen Musik.
Ich höre deutlich einen Marsch.
Irgendwo spielt eine Blaskapelle.
Am Ende zum Café hin, auf der Terrasse zum Marktplatz hin hat sich ein Mönch in brauner Kutte und mit wirren Haaren, mit zerzausten Haaren, hinter einem aus rohen Brettern eifrig zusammengezimmerten Rednerpult aufgebaut. Er spricht

in mehrere Mikrofone und unter seiner Kutte trägt er eine farblich passende Cordhose. Seine Füße sind nackt und schwarz. Der Mönch spricht französisch, vielmehr brüllt und schreit er. Die Lautsprecherbatterien hinter ihm verzerren seine Stimme zusätzlich. Ich verstehe nicht einmal die Hälfte, aber er predigt. Er predigt vom Ende der Zeit, vom Ende der Geschichte und davon, dass wir ja alle Buße tun müssten, und ich wundere mich, dass es so etwas gibt, einen Endzeitprediger, selbst Frau Dresenkamp scheint ihm zuzuhören. Tränen rollen ihre Wangen herab, während sie zuhört und versucht, ihren Altersfleck wegzureiben (der Fleck scheint sich im Übrigen ausgebreitet zu haben, er kommt mir größer, deutlich größer vor), immer aggressiver wegzureiben (ich denke an Schokolade, zart-bitter) und mit den Füßen dabei auf dem Marmor und auf den Flugblättern scharrt und raschelt und dann dabei mit dem rechten Fuß immer wieder aufstampft, während Oma versucht, dem Ivo etwas zu erklären, wobei sie die Erklärung nur als Vorwand nimmt und letztlich nur versucht, ihn zu küssen.

»Die Gier ist das, was dich umbringt!«, sagt Frau Dresenkamp, ihr Mund ist braun verschmiert, und: Das habe ihr Vater immer zu ihr gesagt, die Gier bringe die Menschen um. »Bumbum, Bumbum, bringt sie um.«
Frau Dresenkamp tanzt.

Deutlich sind die Motoren weiterer Turbopropmaschinen zu hören, das Anschwellen ihrer Motoren unter der Last des Sturzfluges, und dann kommen sie auch in Sicht: abstrakte Nachtfalter am hellblauen Himmel. Kurz bevor die Maschinen wieder hochgezogen werden, öffnen sich die Klappen an ihren Bäuchen, öffnen sich die Bombenschächte, und alles, die Stadt, die Straßen, die Gassen, der Platz, die Kämpfer und die Zivilisten, wir alle werden mit Schokoriegeln bombardiert (Mars, Mars

Mandel, Bounty, Twix, Snickers, Lion, KitKat und Milky Way) – gleich darauf sind sie wieder fort, die Turbopropmaschinen.

WROOMMMM!

Kinder, Frauen und Soldaten stürzen sich, ausgehungert wie sie sind, auf die Schokoriegel. Auch ich will los und zusammenraffen, was ich bekommen kann. Für Oma. Sie isst doch so gerne Schokolade! Doch Frau Dresenkamp hält mich mit klebrigen Fingern zurück und sagt:
»Das ist eine Falle!«
Und so stehen wir unsicher abwartend und sehen, wie Kinder, Frauen und Soldaten sich vollstopfen mit Bounty, Mars und Milky Way (Lion scheint keiner zu mögen, sie werden liegengelassen) und nach einiger Zeit beginnen sich zuerst die Kinder, dann die Frauen und schließlich die Soldaten zu krümmen und zu winseln, vor Schmerz zu brüllen und sich brüllend und schreiend auf dem Pflaster, dem Platz, der Straße und den Gassen hin und her zu wälzen, sich zu wälzen, bis schließlich ihre Bäuche, die zu Kugel angeschwollen sind, zerplatzen, in einem blutroten Regen explodieren: eine schmatzende Detonation, nicht übermäßig laut, eher leise, aber spritzend, wie eine Wasserbombe, die von einem Kind geworfen auf Marmor zerplatzt.
»Lehrjahre sind keine Herrenjahre«, sagt die Oma und tupft sich Blut- und Innereienspritzer und Schokokleckse vom Gesicht.

Um mich herum ist der Raum weiß und dumpf und ruhig. Ich sehe nur Schemen, dunkle, aber nicht unsympathische Gestalten, Umrisse. Sie sind am anderen Ende des Raums in einer Gruppe versammelt. Sie beugen sich über etwas.
»Sie wird immer dünner.«

Eine Granate detoniert in unserer unmittelbaren Nähe, die Druckwell reißt Ivo zu Boden, Frau Dresenkamp brüllt auf vor Schmerz, Oma und ich haben Glück und sind durch einen Mauervorsprung geschützt. Eine brennende Flüssigkeit breitet sich auf dem Boden aus, ich denke: Benzin!, Ivo schreit: »Phosphor!« und springt auf. Ich renne zu Frau Dresenkamp.
»Alles in Ordnung?«
»Geht schon.«
Ich schleppe sie zum Mauervorsprung. Oma verteilt Sandwiches. Wir essen, still, stumm und konzentriert. Ich hasse Senf, und Senf ist auf dem Sandwich – Ich würge es trotzdem hinunter, während die Oma Frau Dresenkamps Arm mit bunten Zettelchen verbindet.
Von irgendwo weht Musik herüber: »Muss i denn, muss i denn zum Städtele hinaus, zum Städtele hinaus ...«
Die Häuser um uns ächzen, knacken und knistern, sie brennen lichterloh, fröhlich und beeindruckend.
Feuersturm?

Die Gruppe der Schemen murmelt.
Das Weiß ist wunderschön.
»Hey, wo habt ihr die Klamotten her?«
Die Schemen drehen sich um.
Wir starren uns an.
Die Schemen drehen sich zurück.

»Es scheint, als ob sie immer dünner werden würde, wenn sie Geld hergibt.«
Zwei Schwalben unter sich.
Eine Möwe macht keinen Frühling.

Ich bin der Kommandant eines Hubschraubers und stehe auf der Befestigungsmauer.

Es geht mir gut.
Den Umständen entsprechend.
Ich zähle bis vier.

»Verehrte Anwesende!«, hebt der Ivo an, »Es droht, das muss schon gesagt werden, auch und gerade im Angesicht der Katastrophe, ein Feuersturm.«

Oma lacht und sagt: »Welche Katastrophe, das kann doch mal passieren! Mir sind schon ganz andere Dinge passiert. Hat jemand von euch schon mal neben einer industriellen Schweinemast gelebt, vielleicht sogar eine betrieben?«

Frau Dresenkamp antwortet, dass sie zwar nicht neben einer industriellen Schweinemast gewohnt habe, aber … (Oma brüllt: »DAS ALTERSHEIM IST JA EIGENTLICH GENAU DAS GLEICHE!«, doch ein plötzlicher Regen mildert ihre Stimmung, sie breitet die Hände aus, sagt: »Regenbogen!«, und um sie erscheint ein Regenbogen, die Prismen beginnen zu tanzen).

Frau Dresenkamp streckt einen Zeigefinger in die Luft und prüft die Windrichtung. Dann sagt sie, dass sie zwar nicht neben einer industriellen Schweinemast gewohnt noch eine betrieben habe, aber jemanden kenne, früher gekannt habe, der in Usbekistan in einer gearbeitet habe – und der habe sie, kurz nach dem Zusammenbruch der Sowjetunion, auf die Idee gebracht, eine Straußenfarm zu eröffnen, was sie und ihr Mann (ja, da habe man mal, da habe man noch an ein und demselben Strang gezogen!) sogar dazu erwogen habe, eine zu eröffnen und zu betreiben. Letztlich sei das aber nicht Grund genug gewesen, um nicht doch nach Deutschland auszuwandern. Woraufhin der Ivo, so höflich wie ihm in Anbetracht der Situation möglich, darauf hinweist, dass für Gespräche nun leider keine Zeit sei, und mit dem ausgestreckten rechten Arm (wie zum Gruß) deutet er auf das Flammeninferno. Tatsächlich: Allen fällt das Atmen schwer, zusehends schwerer. Aber der treue Ivo reißt schon behände einen Kanaldeckel vom Boden und ruft: »Hier lang! Frauen und Kinder zuerst!«

Er salutiert.

Er ist der Kapitän.

Was mir zupasskommt, da wäre ich dann als Dritter und nicht als Letzter an der Reihe. Frau Dresenkamp drückt einen Knopf, und der Rollstuhl faltet sich automatisch zusammen.

Wusste gar nicht, dass der das kann.

Ich höre die Rotoren flattern und flappen.

Der Bordschütze schaut mich traurig an und zeigt mir das Foto seiner Frau.

ICH DARF DIE HUBSCHRAUBERMANNSCHAFT NICHT ALLEINE LASSEN!

Ivo schultert die Oma.

Frau Dresenkamp geht voraus, steigt in den Kanal, ich folge als Letzter und ziehe den Kanaldeckel wieder übers Loch.

Unten überall Ratten und Bernhardiner.

Die kauf ich mir!

Nichts wie raus!

Wir treffen an einer Barrikade auf Maria und ihren Mann. Neben ihnen steht ein riesiges Insekt mit einem Flammenwerfer anstelle des Rüssels.

Maria trägt zwei Tennisschläger, in jeder Hand einen.

Wir fühlen uns sicher.

Ihr Mann gibt mir sein Gewehr, das Gewehr seines Vaters und das seines Großvaters. Ich nehme alle drei entgegen. Es sind halbautomatische Waffen in Dunkelgrün. Die Kolben sind mit Kerben übersät. Er, Marias Mann, sagt, er brauche sie nicht, uns

würden sie vielleicht helfen – und dann zieht er einen Mörser aus der Hosentasche, lädt ihn und feuert unzerstoßene Pfefferkörner auf den Feind.
　Ich stehe inmitten einer Gruppe von weißbekittelten Menschen.
　Ärzte, denke ich.
　Wir beugen uns über ein gestopftes Bettlaken.
　Das verrostete Metallbett quietscht rhythmisch.
　»Wenn es nicht so krank wäre, dann wäre es gesund.«
　Ich nicke geflissentlich, gemeinsam mit den Kollegen.

Gerüchte machen die Runde. Der Dubrovniker Flughafen sei bombardiert worden, raunt man sich hinter vorgehaltener Hand zu. Am Stadtrand würden Bosniaken erschossen und Gräben mit Bulldozern ausgehoben. Aber keiner weiß, wo die Bosniaken hergekommen sein sollen. Ich höre das Wort zum ersten Mal:
　Bosniak.

Der Raum ist überfüllt, ich verstehe nichts mehr, nur noch Raunen und Gemurmel, dann Dialogfetzen.
　Dazwischen eine Marschkapelle, aber eine andere als zuvor.
　»Bosniaques, Bosniaques, dormez-vous, dormez-vous?«
　Die Oma summt.
　Der Ivo sagt Bumm.
　Es klackert und dann klackt es.
　Die NATO sieht den Erschießungen tatenlos zu.
　Holländer?
　Nein, Italiener. Die seien von gegenüber gekommen.
　Das habe hier Tradition.
　Kroatien, ein faschistischer Vasallenstaat.
　Wenn die Not am größten ist, dann hilft nur noch die Hoffnung.

Schicke, kurzbekleidete junge Damen verteilen bunte Zettelchen.

Jemand greift von hinten nach mir. Ich falle auf den Rücken.

»Früher hätte ich die Königin von England bewirten können. Und jetzt das. Mein Herz ...«

Der Ivo singt eine Melodie.

Ich meine, die Melodie zu kennen.

Ich schaue den Ivo an.

Der Ivo hebt die Augenbrauen und summt weiter seine Melodie.

Ich erkenne die Melodie nicht.

Oma ruft etwas. Ich sehe nur, wie sich ihre Lippen bewegen.

Ich drehe mich um. Franceska steht da, bläst auf einer Flöte.

Die Festungsmauer schwankt.

In Rom stirbt jemand.

Franceska nimmt die Flöte von den Lippen. Sie schaut mich an und sagt, die Jugend sei wie Tauben im Gras.

Ich sage, Hauptsache am Meer.

Wir stoßen auf taube Ohren.

Möwen.

Pelikane.

Pinguine.

Das wird ein Fest. Und wir und ihr: Alle dürfen zuschauen.

Wir rennen eine marmorbepflasterte Gasse entlang. Ivo wird in den Bauch getroffen. Dunkles Blut tränkt sein Matrosenhemd (weiß). Er ist dabei ganz ruhig. Oma und Frau Dresenkamp eilen zu ihm. Ich gebe Feuerschutz. Wir schleppen Ivo ins nächste Haus.

Oma ist entsetzt. Sie weint. Ivo rinnt Blut aus dem Mund. Er versucht zu sprechen. Man hört nur Gurgeln. Er versucht es mit einem Lächeln. Oma hält seine Hand.

»Weißt du, Ivo, Liebe ist schwierig.«
Hinter uns geht eine Tür auf. Eine Bauersfrau, in blaues Leinen gekleidet, steht vor uns. Sie ist hektisch. Wir sollen ihr in den Innenhof folgen.
Im Innenhof ist unter freiem Himmel eine notdürftige Krankenstation aufgebaut. Die Verwundeten liegen auf Sonnenliegestühlen. Gelb, blau, orange. Es gibt mehrere Bauersfrauen, alle sind gleich gekleidet und halten eine Saugglocke in der Hand. Dann sehe ich den Endzeitprediger. Er kommt aus der Mitte der Krankenbettsonnenliegestühle auf uns zu.
»Hallo. Schön, Sie wiederzusehen.«
Es ist der Wunderheiler.
»Entschuldigen Sie mein Auftreten. Hatte die letzten Tage viel zu tun, Sie wissen ja ...«
Dann deutet er auf Ivo.
»Ein Freund von Ihnen?«
Und Oma sagt schluchzend: »Ja.«
Darauf beugt sich der wunderheilende Endzeitprediger zum Ivo, schiebt ihm das Matrosenhemd hoch, betrachtet die Wunde, ruft eine Bauersfrau, eine Bauersfrau kommt und wischt, ohne weitere Anweisung, das Blut so gut wie möglich weg (es strömt immer noch, als wolle es sagen: »Mehr Luft!« oder als wolle es sich einfach verschwinden, in einem pulsierenden Strahl), der Endzeitwunderheiler streckt die linke Hand aus, die Bauersfrau reicht ihm die Saugglocke, er nimmt die Saugglocke mit beiden Händen, stülpt das Gummiende über Ivos Wunde und beginnt zu pumpen, bis es PLOPP macht. Die Kugel ist draußen. Dann drückt er das Loch in Ivos Bauch zwischen Daumen und Zeigefinger zusammen – die Wunde ist verschlossen. Oma gibt dem Endwunderzeitheiler 3000 Mark, und die Bauersfrau sagt, dass es so gut sei.

Eine Detonation! Wände wackeln. Die Mauern schwanken.

Staub rieselt.

Das Notlazarett wird gestürmt. Der Wunderheiler wird als erster erschossen, dann die Verwundeten; sie gehen die Liegestühle ab und geben den Verwundeten einen Kopfschuss – wir können GERADE SO entkommen.

Wir rennen eine marmorbepflasterte Gasse entlang. Vorbei an Köpfen, abgeschlagenen Köpfen, die auf Pfählen, Pfosten und Fahrradlenkern und anstelle von Fahrradsatteln auf Sattelstützen aufgespießt sind. Leere Blicke, offene Münder.
    Der Himmel zieht sich zu, es geht ein starker Wind, Blätter und Staub wirbeln durch die Gasse, Rauch brennender Häuser, die Augen tränen. Wir rennen direkt in eine Sackgasse: vor uns Barrikaden, hinter uns eine brennende Stadt.

Wir beratschlagen.
    Frau Dresenkamp steppt und singt ein usbekisches Volkslied.

Ivo geht als Verhandlungsführer, eine weiße Fahne schwingend, auf den Feind zu und verschwindet hinter der Barrikade. Er ist außer Sichtweite. Man hört entfernte Detonationen. Weißer Rauch steigt auf und weht über die Barrikaden. Wir hören Stimmen, verstehen aber nichts. Dann ertönt Gelächter, und es folgen einige dumpfe Geräusche – währenddessen setzt sich eine Möwe auf die Barrikade, dann eine weitere Möwe. Eine schaut dem Treiben hinter der Barrikade, die andere schaut uns zu. Abwechselnd hat eine der beiden einen Fisch im Schnabel. Der Fisch glänzt silbern. Beide Möwen schlucken ihn glucksend runter. Dann Stille. Die weiße Fahne fliegt in hohem Bogen über die Absperrung und landet klappernd auf dem weiß glänzenden Marmor.

Stille.

Dann:

»Die kauf ich mir!«, sagt Oma, rollt energisch auf die Barrikaden zu (»Frau Dresenkamp, geben Sie mir meine Handtasche!«) und verschwindet dahinter. Wir hören englische Satzfetzen, die zu uns herübergeweht werden und sich mit dem Brandgeruch der Häuser vermischen.

Der Himmel zieht sich weiter zu: dicke, blaugraue Wolken. Wir hören Schüsse und zucken zusammen.

Eine Person mit umgebundenem Patronengurt und mit einem alten Karabiner in der Hand steigt von gegenüber auf die Barrikade und ruft winkend:

»Come! Come! Come!«

Und als wir nicht reagieren:

»Come here! Safe! Safe!«

Frau Dresenkamp und ich, wir laufen nach kurzem Zögern auf die Person zu, sie kommt uns entgegen.

»Cigarette?«, fragt sie und hält mir die Schachtel hin. Ich nehme wie selbstverständlich eine, und er gibt mir Feuer.

Dann gehen wir hinter die Barrikade.

Es hat zu regnen begonnen.

Als erstes fallen mir die Soldaten und Freischärler auf, die lustig irgendwelche Zettelchen in der Hand halten und mit ihren Gewehren freudig in die Luft schießen. Der Regen macht sie nass, kann ihnen aber nichts anhaben, ist ihnen egal, so fröhlich-freudig wedeln sie mit Zettelchen und schießen ins Blaugrau, ins fast schon Schwarze der Wolken.

Dann entdecke ich Ivo.

Er liegt geknebelt und gefesselt auf der Rücksitzbank eines Mercedes 200D. Er gibt Laute von sich und zappelt. Man versteht ihn nicht, und die Umstehenden scheinen ihn vergessen zu haben.

Ich entdecke die Oma, die über und überglücklich mit ihrem Rollstuhl durch die Pfützen rollt und sich ein leuchtendes Kopftuch umgebunden hat, in dem eine Schachtel Marlboro steckt. Sie fährt, wie ein kleines Kind vielleicht, das Geburtstag hat, zwischen den Soldaten und Freischärlern hindurch und umher, hält mal hier, mal dort und streckt immer, egal wo sie gerade hält (vor einem der Soldaten oder einem der Freischärler), ihre Hand – manchmal sogar beide Hände – nach den Armen des Soldaten (oder des Freischärlers) aus, der ihr seinen Bizeps präsentiert und von ihr befühlen lässt – sie zupft an seinem T-Shirt oder Unterhemd (als sei das hier ein Teeniekonzert: Alle Mann zu mir!), und er (der Soldat oder der Freischärler) streift sich dieses lustvoll ab, reißt es sich vom Leib und …

»OMA, OMA, WAS MACHST DU DA!«

… die Oma berührt mit ihren Händen, mit einer oder mit beiden Händen, den nackten, nassglänzenden Oberkörper des Soldaten, des Freischärlers, befühlt, streichelt, befummelt die Muskeln, küsst den jeweiligen Waschbrettbauch, steckt ihre Zunge in den Bauchnabel und steckt bunte Zettel (ähnlich denen, welche die Soldaten und Freischärler jubelnd in der einen Hand halten und damit wedeln, während sie in der anderen das Gewehr, die Maschinenpistole, die Kalaschnikow oder den Karabiner halten und einhändig schießen, ins Schwarz des Himmels schießen), die Oma steckt dem jeweiligen Soldaten oder Freischärler eben solche bunten Zettel in die Hose, von oben in die Hose hinein, lustvoll und langsam in den Schritt, nur um dann eine kleine Pirouette mit ihrem Rollstuhl zu vollführen und zum nächsten zu eilen, zu rollen, zu pirouettieren.

»Alles in allem nehme ich nur, was mir zusteht.«

Frau Dresenkamp kichert.

Ich schaue auf meine Hand.

Sie ist zur Faust geballt.

Der Regen fällt stetig. In Strömen. Unablässig. Fällt in Fäden.

Ich öffne die geballte Faust.

Ich strecke die Finger.

Auf meiner Hand liegt ein golden schimmerndes Maiskorn.

Die Oma vollführt immer wildere Pirouetten in ihrem Kassenrollstuhl.

Omas Hände fliegen an die Körper.

Ihre Hände sind überall.

Und die Soldaten und die Freischärler lachen, lachen dabei auf, wie gekitzelt, wie kleine Jungs, dabei kann ich ihre Zähne sehen, alle haben sie Goldzähne, alle, alle, ihre Münder stehen offen und es regnet dicke Fäden – Frau Dresenkamp schreit:

»Oh my god! IT'S RAINING CATS AND DOGS!«

und zieht sich aus – und der Regen fällt in die offenstehenden Münder der Soldaten und Freischärler, fällt in ihre Rachen wie in einen Abgrund, einen goldgerahmten Abgrund, hinein ins Nichts, und nur ein paar Tropfen zerplatzen am Gold der Goldzähne und spritzen silbern davon. UND FRAU DRESENKAMPS KÖRPER IST EIN EINZIGER ALTERSFLECK. »OMA, OMA, DU WIRST JA IMMER DÜNNER, IMMER DÜNNER WIRST DU!« Die alte Haut hängt lustlos, immer lustloser an ihr herab (es scheint, als schmelze das Fleisch darunter, als würde es ausdampfen), umso lustvoller aber dreht sich die Oma in ihrem Rollstuhl; immer mehr Soldaten und Freischärler, einer nach dem anderen, werden von ihr befummelt und geküsst und bekommen bunte Zettel in den Schritt gesteckt, und die Soldaten und Freischärler giggeln und glucksen und lachen, kreischen und brüllen alle lustig mit- und umeinander, und der Dampf steigt von ihren Leibern und ihren nassen Körpern hoch auf und verliert sich, wie weggeweht, wie nicht geschehen, im Schwarz des Himmels.

Achtung!
Präsentiert:
Den Schwanz!

Frau Dresenkamp sagt: »Nein. Ich habe da meine Prinzipien«, hockt sich auf den Boden und legt ein Straußenei. Dann fliegt sie davon.
Flapp-Flapp-Flapp.

Oma gibt Befehl, den treuen Ivo zu befreien. Sofort eilen die Soldaten und Freischärler zum metallicbraunen Mercedes 200D und nehmen den treuen Ivo von der Rücksitzbank.

Frau Dresenkamp wird von einer Windböe erfasst, sie wirbelt durch die Luft. Der Windstoß scheint von unten zu kommen, sie schreit. Sie hat den Blick auf uns gerichtet, aber der Wind treibt sie fort. Sie schlägt hilflos mit den Flügeln, aber sie entfernt sich.

Die Lustknaben tragen den treuen Ivo auf ihren Händen zur Oma (sie ist inzwischen nur noch Haut und Knochen, in sich zusammengesunken und dampfend), tragen ihn auf ihren Händen, während der Ivo auf dem Rücken liegt, den Blick in den graublauschwarzen Himmel, in den Wolkenbruch gerichtet, tapfer (vielleicht einen letzten Blick auf die davonfliegende Frau Dresenkamp gerichtet), die Arme dabei ausgestreckt, leicht nach unten zum Boden hängend, den Rücken durchgespannt, dabei brabbelt der treue Ivo Sätze vor sich hin, aber er ist durch den Knebel nicht zu verstehen, trotzdem glaube ich ihm jedes Wort, und er brabbelt weiter, aber jetzt brabbelt er rhythmisch, beschwörend, den Regen oder den Regengott oder die Zeit selbst beschwörend, vielleicht auch nur Sätze der Dankbarkeit der Oma gegenüber hervorstoßend, immer den gleichen Satz, immer den gleichen Satz, zum Himmel, zur Oma – OMA, WAS IST MIT DIR! WAS IST MIT DIR? – ihre Augen schei-

nen sich in den Schädel zurückzuziehen, der Körper dampft, raucht beinahe, die Haut, ihre Haut, die gerade noch schlaff an ihr heruntergehangen war, sie zieht sich zusammen, schnürt sich um ihr Knochengestell zusammen, um ihren Körper, zapp-zarapp, eilig, schnell, geschunden und energetisch zugleich, dann bilden sich Fäden, Hautfäden, Hauttropfen
DU SCHMILZT, OMA, DU SCHMILZT –
Ein ferner Schrei:
IVICA!

… ich wache schreiend auf.

V

Ich wachte auf und schrie.

Es drang nur ein spärliches Licht von draußen herein, der Himmel war mit einer dünnen Wolkendecke silbern verhangen. Das Meer lag ruhig, und die Luft war still.

Sechs Uhr in der Früh.

Ich stand auf.

Im Fitnessraum begegnete ich der Frau von vorgestern, der Frau von der Bar, der Dame, die ihren Kopf an meine Schulter gelegt hatte. Sie saß bewegungslos auf einem der Trimmdichräder, und als sie mich sah, begann sie zu weinen (oder hatte sie schon vorher geweint?), still und leise, mehr für sich selbst, einzelne Tränen rollten die Wangen hinab. Ich fragte mich, ob das nun ein *running gag* werden sollte, das mit dem Weinen um mich herum, ob das etwas mit mir oder doch nur mit ihr selbst zu tun hätte, ob sie das für sich selbst machte, wegen der Geschichte, ihrer Geschichte, ihrem Leben, und ob sie dann deswegen vielleicht schon früher zu weinen angefangen und ich sie demnach nur gestört hatte, oder ihre Konzentration auf den eigenen Schmerz, den Selbsthass oder das Selbstmitleid auch nur unterbrochen hatte – und doch fragte ich mich kurz, ob es mit mir zu tun hätte oder hätte haben können, aber da war nichts, es gab nichts, was ich getan oder nicht getan hatte, ich war einfach reingekommen und auf diese weinende Frau getroffen, die Frau von vorgestern, in hellgrünen Leggins und pinkfarbenem Bikinioberteil.

Ich nickte ihr aufmunternd und etwas unsicher zu. Sie drehte ihren Kopf zur Seite. Ich ging zur Rudermaschine und begann zu rudern. Als ich mich wieder umdrehte, war sie weg. Wie ein Spuk verflogen, ich ruderte weiter, bis ich schwitzte, ruderte, bis mein T-Shirt und meine Boxershorts verschwitzt und nass waren, und dachte an nichts, starrte aufs Meer hinter dem Panoramafenster und bewegte mich auf der Rudermaschine so monoton, wunderbar gleichförmig wie die Wellen, die ich beobachtete, auf die ich Schlag für Schlag starrte, und am Horizont lag irgendwo, aber unsichtbar die gute, morgendliche Bestätigung, dass die Welt weiter reicht, als der Blick zu sehen vermag.

Dann hatte ich genug geschwitzt, ging zur Rezeption, traf dort auf Maria, wir sprachen kurz, ich bedanke mich für den gestrigen Abend. »Schade, dass wir heute abreisen.«

»Ja, schade.«

Ich sagte, dass ich gerne noch einmal in die Altstadt fahren wolle, ich brauche für meine Freundin noch ein kleines Mitbringsel. Maria sagte, dass sie Imre anrufen würde. In zwanzig Minuten sei er da.

Ich ging duschen, zog mir meine besten Klamotten an und ging vors Hotel. Der Imre wartete schon in seinem Diesel. Ich stieg ein, und er musterte mich und sagte: »Du siehst beschissen aus.« Ich sagte: »Danke.«

Ich stand auf dem Marktplatz, vom Wunderheiler war nichts zu sehen, dafür fegte ein frischer Wind über das Marmorpflaster. Ich schaute umher und ging dann zu einem Schmuckgeschäft, das mir bereits bei Ivos Stadtführung aufgefallen war, ließ mir die Gold- und Silberringe zeigen, prüfte die Ringe so, wie ich mir vorstellte, dass man Ringe zu prüfen hätte, und die Verkäuferin fragte mich auf Englisch, ob es sich, bei dem, was ich suchte, um einen Verlobungs- oder gar um einen Hochzeitsring handeln würde. Ich verneinte und sagte etwas verlegen, dass er nur für meine Freundin sein sollte, dass ich ihr etwas mitbringen, ihr etwas kaufen wollte, das blieb, für sie blieb, ein Zeichen für die Liebe zwischen uns, eine Erinnerung daran, dass, auch wenn ich nicht bei ihr gewesen war, so doch fortwährend an sie gedacht hatte – die Verkäuferin grinste und fragte, ob es nicht etwa doch ein Verlobungsring sein sollte. Ich lief rot an und schüttelte den Kindskopf. Ob ich denn die Fingergröße der Freundin wüsste?

»Nein. Oder. Vielleicht. Ihr Ringfinger ist etwas schmaler als mein kleiner Finger.« Ich hielt meinen wurstigen kleinen Finger hoch. Die Schmuckfachverkäuferin empfahl mir drei Ringe, die man auch nachträglich noch in der Größe verändern könne, dafür müsse ich einfach einen der drei größeren Ringe auswählen – und ihr persönlich würde ganz besonders dieser hier gefallen. Ich sagte: »Prima!«, kaufte und bezahlte das mir empfohlene Exemplar (eine ganz exquisite Goldschmiedearbeit, wie sie mir bestätigte und darüber hinaus versicherte, dass dieses Schmuckstück das Herz einer jeden Frau höherschlagen lassen würde) mit bunten Zettelchen, auf denen lustige Bilder von Personen (Porträts) und Gebäuden abgebildet waren, allesamt also versehen mit den Abbildungen dessen, worauf ein Land stolz ist, weshalb es auf die bunten Zettelchen gedruckt wird und den jeweiligen Wert eines Landes repräsentiert, es käuflich und austauschbar, sprich: kreditwürdig macht. Das Schmuckgeschäft akzeptierte (oder besser: präferierte) die D-Mark. Eine sogenannte *harte* Währung. Ich bezahlte mit Clara Schumanns elegantem und vertrauenswürdigem Konterfei. Mit ihrem ungefragt massenhaft reproduziertem Halbporträt. Clara Schumann, auserwählt, den Wert eines Landes, reich geworden durch einen verlorenen Krieg, zu repräsentieren. Eines Landes, das vierundfünfzig Jahre später, als Teil der NATO wieder Teilnehmer eines Krieges war, eines Krieges, den man sich leisten konnte, sich leisten *musste*, wie gesagt worden war, und für welchen man *selbstverständlich* das moralische Kapital besaß, eben durch den verlorenen Krieg, da man *durch die Geschichte der Niederlage und der Verbrechen* gelernt habe, neues Wissen daraus geschöpft und erworben habe, und nun eben konsequenterweise (und mit aller Konsequenz) den Wert dieses Wissens – dieses historisch bedingten Kapitals – allen anderen aufprägen musste, ja, allein schon *moralisch* dazu verpflichtet war, das Wissen als *Zweck* und den Krieg als *Mittel* zum Heil, zur Genesung der Welt durchzusetzen: Das obligatorische *Nie wieder* als schlagkräftiges, international vertrauenerweckendes Kapital.

Ich starrte auf Clara Schumann. Was lief hier schief? Clara Schumann schaute spöttisch zurück.

Ich dachte: »Was weiß man denn schon?«, und dann dachte ich: »Lehrjahre sind eben keine Herrenjahre!« und gab die Clara Schumann, die es selbst ja auch nicht immer einfach gehabt hatte, aus der Hand, und die Schmuckfachverkäuferin wechselte die Komponistin fröhlich summend in a) den Goldring und b) den anfallenden Wertrest in Kuna.

Kurze Zeit später ließ der Imre seinen kriegs- und krisenerprobten metallicbraunen Mercedes 200D quietschend wieder vor dem Hotel halten, stieg lächelnd aus, öffnete die Beifahrertür, sagte: »Tja, so ist das mit dem Schnaps, wenn man zu viel getrunken hat …« und lachte.

Ich machte mich ans Packen. Das Hotelzimmertelefon läutete. Die feine alte Dame ließ mich auf ihr Zimmer bestellen. Ich zog den Reißverschluss meines Koffers zu und ging nach gegenüber. Frau Dresenkamp sagte, die Großmutter wolle mit mir alleine sprechen; sagte es und ging an mir vorbei aus der Suite.

Die feine alte Dame saß frisch herausgeputzt in ihrem Rollstuhl, umringt vom verstauten Gepäck, die Hotelzimmerterrassentüre stand offen. Frische Luft mischte sich mit dem Duft ihres Parfüms, draußen eitel Sonnenschein, und die feine alte Dame sagte:

»Setzt dich, Alexander.«

Ich setzte mich auf den Stuhl neben ihr, zwischen uns der Hotelzimmertisch.

»Ich möchte mit dir sprechen, wegen gestern Nachmittag.«

Sie machte eine bedeutungsvolle Pause. Ich dachte, vielleicht sollte jetzt eine Möwe kreischen. Es kreischte aber keine.

»Dein Verhalten war weder akzeptabel noch tolerabel. Du hast mich enttäuscht. Du bist jung. Du musst noch viel lernen. Du kannst eine gute Gesellschaft sein. Du hast dich gestern Abend wacker geschlagen. Sie mögen dich, die Maria, ihre Töchter und auch ihr Mann. Das hat mich stolz gemacht. Und der Ivo schwärmt von dir. Er sagte, du wärst ein ganzer Kerl. Aufmerksam und höflich. Das hat der Ivo gesagt.«

Sie fasste sich an den Hals, aber dort war nichts mehr, hing nichts mehr, war nur noch Haut, und so kratzte sich die feine alte Dame in der kleinen Mulde zwischen ihren Schlüsselbeinen.

»Alexander, was zwischen uns passiert ist, das bleibt in der Familie. Der Ivo hatte mich darauf angesprochen, er dachte, irgendetwas sei zwischen uns. Ich habe ihm gesagt, dass du unverschämt gewesen bist, aber er hat mich davon überzeugt, dass das doch mal vorkommen kann. Wozu ist man eine Familie, wenn man sich nicht gegenseitig verzeihen kann, hat er gesagt.«

Die feine alte Dame fixierte mich und machte eine Pause.

»Und deswegen verzeihe ich dir, Alexander. Ich habe ja sonst niemanden.«

Ich sagte, dass es mir leid tue.

Die feine alte Dame suchte meine Hand und drückte sie. So blieben wir kurz. Dann lachte die Großmutter:

»Das gestern mit dem Ivo und dem Gewehr … Wusste gar nicht, dass du so einen derben Humor hast! Na ja, der Apfel fällt nicht weit vom Stamm!«

Und wir lachten beide.

Natürlich brachte uns der Imre zum Flughafen. Dort trafen wir auf das aus Maria, ihren Töchtern, ihrem Mann und dem übermüdet wirkenden Ivo bestehende Abschiedskomitee.

Ich machte ein Foto.

Marias Mann und ich gingen zum Schalter, um das Gepäck aufzugeben. Wir standen in einer kleinen Schlange. Marias Mann nutzte die Gelegenheit und knuffte mir mit seinem Ellenboden in die Seite:

»Schade, dass du das Gewehr nicht mitnehmen kannst. Ich könnte es hier durch die Kontrollen bringen, aber in Augsburg würdest du sicher in Teufels Küche kommen.« Er lachte herzlich kehlig, und ich nickte mit einem krummen Lächeln.

Der Wunderheiler tauchte plötzlich auf. Hektisch blickte er sich um und entdeckte uns schließlich, dann eilte er mit einem breiten Lächeln auf uns, oder vielmehr auf die inmitten der Gruppe aus Maria, deren Töchter sowie Frau Dresenkamp und dem Ivo stehende feine alte Dame zu. Sie redeten angeregt, ihr Lachen drang zu mir an den Schalter herüber. Ich verstand kein Wort, ich sah nur, wie die Großmutter sich von Frau Dresenkamp die Handtasche reichen ließ, wie sie sich vom Wunderheiler per Handschlag verabschiedete – und in der einen Hand war etwas, das die andere Hand nahm.

Als ich mit Marias Mann zurückkehrte, war es an der Zeit, sich von allen zu verabschieden. Der Ivo hob mit einer kleinen Rede an und sagte, dass man sich sicher wiedersehen werde und dass er uns in Gedanken begleite.

Maria sagte: »Sie müssen unbedingt wiederkommen. Sie alle müssen unbedingt wiederkommen.«

Ich sagte: »Ich hoffe, dass das Import-Export-Geschäft einschlägt wie eine Bombe!«

Die Großmutter war gerührt und zufrieden.

Im Flugzeug saß ich neben der feinen alten Dame, sie schaute sich fröhlich um. Dann schlug sie mir auf den Schenkel:

»Also gestern ... mit dem Gewehr ... Der Ivo hat halt Humor – ein Gentleman.« Sie zwinkerte mich an und fügte hinzu: »Und vielleicht denkt er sogar an dich.«

Sie lachte, die feine alte Dame, sie lachte aus tiefstem Herzen über diesen gelungenen Scherz.

Die Turbopropmaschine nahm Fahrt auf, wir wurden in die Sitze gedrückt, Staub wirbelte auf, der Staub schien alles zu verdecken, zu überdecken, zuzudecken, und für einige Augenblicke schien es, als würden wir nicht abheben, sondern selbst im Staub versinken, aufgehen, uns auflösen, vielleicht sogar in einem Feuerball explodieren, warum auch nicht. Der Gedanke, alle Gedanken kamen schnell und fließend, flüssig, als würden sie vom Staub aufgesogen (oder aus dem Staub geboren), und meine Hand schwitzte etwas mehr, als ich mir eingestehen wollte, in der Hand der Großmutter, die mir ihre gereicht hatte (ledrigfaltig, nicht trocken, aber auch nicht feucht von Schweiß, eingecremt), weil sie wieder etwas nervös sei (es war nichts mehr da zum Herumnesteln, kein Hampelmann, der beruhigend vor sich hin hampelte, wie es eben nur ein Hampelmann konnte.)

Der Flug ging ruhig vorbei, unter uns eine Wolkendecke, die Landschaft darunter war nicht auszumachen, und dann landeten wir im verregneten Augsburg, verregnet, aber über und über in Grün getaucht, das Grün der Büsche und Bäume und der saftigen Wiesen ... Postwirtschaftswunderwiesengrün.

Wir fegten über die Autobahn. Ich ließ aus dem Autoradio einen Klassiksender dudeln, sie spielten Peter Tschaikowskis »Konzert für Klavier und Orchester Nr. 1 b-moll op. 23«, Swjatoslaw Richter am Klavier, drum rum die Wiener Symphoniker, dirigiert von Herbert von Karajan – und die feine alte Dame begann manchmal das Dirigat des durch den Äther zu uns schwebenden Konzerts an für sie besonders imposanten (oder berührenden) Stellen zu übernehmen, ließ im Rhythmus leicht und elegant ihre Arme und Hände zucken, doch schließlich schien sie nach und nach die Kraft zu verlassen, aus ihren rosa Bäckchen wich die Farbe, sie wurde müde und schlief ein.

Die stadtbedingte Verlangsamung unserer Reisegeschwindigkeit ließ sie wieder zu sich kommen. Und schon hatten wir das Haus der Frau Dresenkamp erreicht und angehalten.

Die feine alte Dame verabschiedete, auf dem Beifahrersitz sitzend, Frau Dresenkamp förmlich, aber in gewisser Weise auch herzlich (zumindest hielt die Großmutter lange mit beiden Händen die von Frau Dresenkamp zum Abschied gereichte Hand, ohne weiter etwas zu sagen, in einer Pause, einer längeren Pause zwischen zwei Sätzen, in der die feine alte Dame mit ihren beiden faltigen Händen die Hand der Frau Dresenkamp drückte, um danach einen weiteren Satz hinterherzuschicken, in dem sie mehr feststellte als fragte, ob es bei Dienstagnachmittag, 14 Uhr bleiben würde. Worauf Frau Dresenkamp antwortete: »Aber natürlich. Selbstverständlich«).

Ich trug Frau Dresenkamps Reisegepäck zu ihrer Haustür, und Frau Dresenkamp sagte, dass es interessant gewesen sei, mich kennengelernt zu haben, was ich freundlich erwiderte und ihr dabei für ihre Unterstützung meiner Großmutter dankte. Frau Dresenkamp nickte etwas abwesend und hielt den Wohnungsschlüssel in der Hand, wir standen kurz zusammen, uns gegenüber, schweigend. Ich vermeinte hinter der verschlossenen Tür, durch die Tür hindurch, die Geräusche von Explosionen, Gewehrschüssen und Handlungsanweisungen zu hören, Geräusche, die sich nur schwer gegen einen lautstarken Popklangteppich (Robbie Williams) durchzusetzen vermochten.

Wir blickten beide zur Tür. Frau Dresenkamp hielt den Schlüssel in der Hand, und ich glaubte sie noch einmal tief durchatmen zu hören (Was bedeutet Freiheit? Tja. Was bedeutet Verantwortung? Ich weiß es nicht). Dann sagte ich:

»Ja, dann ...«
Und sie antwortete: »Ja, dann ...«
Ich setzte zum Gehen an.
»Alexander, mögen Sie das Meer?«
»Ich habe es in Greifswald immer direkt vor der Tür.«
Frau Dresenkamp lächelte und nickte. Ich erwiderte das Nicken, drehte mich um und kehrte zum Auto zurück.

In der Wohnung der feinen alten Dame roch es muffig. Ich schaltete das Licht ein, stellte das Gepäck ab, kippte das Fenster und schob die Großmutter ins Wohnzimmer.
»So. Wieder da«, sagte ich.
»Ja.«
Ich schaute ins Schlafzimmer. Das Bett war gemacht. Mein Blick fiel kurz auf den Nachttisch und auf die sich dort befindlichen Familienfotos: ihr Mann, ihre beiden Kinder, ihr Bruder und ein Foto, das mich als Säugling in den Armen meiner Mutter zeigte – eine Herkunftssammlung. Eine Spreizung.
Ich knipste das alte, mit einem dunkelgelben Stofflampenschirm ausgestattete Nachttischlämpchen an seinem Schalter (schwarz, im weißen Schalterkorpus eingebaut, man schob ihn von der einen zur anderen Seite, er gab kurz nach der Mittelstellung (egal ob man ihn in Richtung »an« oder »aus« schob) ein deutlich vernehmbares »Klack!« von sich) ein. Warmes, sanftgoldenes Licht flutete den Raum und lag glänzend, die Familienfotos verspiegelnd, auf den silbernen Bilderrahmen.
Ich ging zurück ins Wohnzimmer.
»Um die Koffer musst du dich nicht kümmern. Ist eh nur alte Wäsche drin.«
Ich schaute kurz ins Bad, ob Toilettenpapier vorhanden war, ging dann in die Küche, kontrollierte den Kühlschrank und rief:
»Möchtest du etwas trinken?«
»Nein, danke.«

Ich kehrte ins Wohnzimmer zurück.
»Das war eine schöne Reise.«
»Ja.«
»Vielleicht machen wir das noch mal.«
»Vielleicht. Ich bin müde.«
»Kann ich sonst noch etwas für dich tun?«
»Ich komme schon klar.«
Wir schauten uns an.
Küsschen links, Küsschen rechts.
Ich ging.

...

Am nächsten Nachmittag ging ich ins Fotogeschäft (»Foto Elster«, ein Traditionsgeschäft, seit 1902 (so stand es auf dem breiten Messingschild, darauf war der Firmenname eingraviert, mit schwarzer Farbe ausgefüllt, brüchig). Im Schaufenster und im Geschäft selbst: alte Fotos, neue Fotos und dazwischen Fotos von Hochzeiten (breit grinsende oder konzentriert, wie sich auf eine Aufgabe fokussierende Ehepaare), Passfotos (Männlein, Weiblein und Kinder in allen Variationen der hohenlohisch-fränkischen Vielfaltsmöglichkeit), Erinnerungsfotos, wie Kindergarten, Schule, Tanzkurs, Schulabschluss usw.). Ich ließ die Urlaubsbilder entwickeln, es waren nicht viele, nur einige wenige – und doch war es mir ein Anliegen, wollte ich meiner Großmutter doch die Fotos zeigen, jetzt, bevor ich wieder zurück nach Greifswald fuhr. Eine Stunde Entwicklungszeit würde das in Anspruch nehmen, es ginge also schnell (oder: »Ratz-Fatz«), wie mir die dauergewellte und in einem weißen T-Shirt mit der Aufschrift »Hard Rock Cafe Hanoi« steckende Fotofachverkäuferin berufsmäßig geflissentlich lächelnd mitteilte. Ich hatte also zu warten, wenn auch nur kurz: »Es handelt sich doch, wie ich Ihnen ja bereits sagte, nur um eine Stunde Entwicklungszeit«, während jener ich dann in einem Café auf dem kopfsteingepflasterten und nach der einen Seite hin abfallenden Marktplatz einen Cappuccino trank und, nachdem ich die beiden beigelegten Zuckerwürfel hineingetan und alles umrührt hatte, beobachtete, wie der Dampf aus der Tasse aufstieg und sich alsbald, nur wenige Zentimeter über der Tasse, in der Luft, im Nichts, verlor – er wurde nicht einmal weggeweht, sondern löste sich einfach auf, die heiße Feuchtigkeit des Dampfes wurde einfach von der Sommerluft aufgesogen (ja, beinahe war es schon Herbst, bunte Blätter hingen an den Bäumen, die Luft war klar und trocken, schön, das Wetter, ein paar Schäfchenwolken).

Zurück im Fotogeschäft gab mir die Fotofachkraft den bestellten Umschlag mit den Bildern, ich schaute die Urlaubsaufnahmen durch und musste wieder feststellen, was für ein miserabler Fotograf ich war, aber immerhin, von 15 Bildern waren drei annehmbar, und insbesondere eines – es zeigte die feine alte Dame mit dem feinen Ivo, beide zufrieden in die Kamera, ins Objektiv meiner Billigkamera lächelnd, grinsend vielleicht (vielleicht auch einfach nur unbestimmt schauend, gelöst, sorgenfrei, fast mit Glück zu verwechseln) – und für dieses Bild fragte ich nach einem Bilderrahmen (natürlich hatten sie welche, denn das war und ist ihr Geschäft, Erinnerungsaufsteller zu verkaufen, feil zu halten für all die Erinnerungsbedürftigen, für all diejenigen, die aus einem Foto ein Sein und eine Erinnerung ziehen, ja, es manchmal beinahe geradezu aus dem Abbild herauszusaugen trachten: ein kläglicher Versuch, das Vergangene festzuhalten, dem Fluss der Zeit zu entreißen. Eine Fotografie als selbstbestätigende Rückversicherung der eigenen Existenz. Dass man dagewesen war. Damit jemand sehen konnte, dass man – oder der, den man liebte – dagewesen war, wirklich existierte (oder existiert hatte). Ein Fotobeweis, wie man so sagt. Es gibt Menschen, die ein Foto (in Verwechslung des Fotos mit der Realität, in der Verwechslung der fotografischen Anwesenheit mit der Abwesenheit der realen Person – oder im Bewusstsein der Konkretheit der Fotografie, der präzisen (und nicht immer vorteilhaften) Abbildung einer nicht mehr zugänglichen, einer nicht mehr verfügbaren Vergangenheit) küssten.)

Ich bat die Verkäuferin, das Foto in den Bilderrahmen einzufügen und das Ganze als Geschenk zu verpacken.

Gegen 18 Uhr suchte ich, wie telefonisch verabredet, die feine alte Dame in ihrer Wohnung im Altersheim auf.

Sie saß im Wohnzimmer und schaute fern. Ich sah ihren Abendbrotteller: eine halbe Scheibe Brot mit grober Leberwurst, eine zu drei Vierteln gegessene Gewürzgurke, daneben das ordentlich aneinandergelegte Besteck.

Küsschen links, Küsschen rechts.

»Wie geht's?«

»Ja. Gut.«

»Und das Knie?«

»Besser.«

Ihr Gesicht wirkte grau und eingefallen.

Ich überreichte der feinen alten Dame mein Geschenk.

Sie entfernte sorgfältig das unansehnlich bunte Geschenkpapier (man könnte es ja eventuell zu gegebener Zeit wiederverwenden) und hielt dann den Bilderrahmen mit dem Urlaubsfoto (einer in diesem konkreten Fall erst seit vier Tagen vergangenen Zeit) in ihren Händen.

Sie freute sich.

Wir rekapitulierten die Urlaubszeit und lachten viel.

Sie sagte:

»Man kann alt werden wie eine Kuh, man lernt doch immer noch dazu.« Dann rollte sie selbstständig mit ihrem Rollstuhl, das Foto von sich und dem treuen Ivo auf dem Schoß, in ihr Schlafzimmer, hin zum Nachttischchen, stellte dort das Foto inmitten der übrigen Familienfotos obenauf, rückte es sorgfältig zurecht, betrachtete es noch für einen kurzen Augenblick, rückte es noch einen Millimeter nach links oder nach rechts, betrachtete es noch einmal, öffnete dann die oberste Schublade des Nachttischchens (mit Wurzelholz furniert), kramte darin herum, entnahm ihr etwas und schloss sie wieder.

»Alexander, das ist für dich.«

Sie überreichte mir etwas, das mich an ein Plastikröhrchen erinnerte, ein milchig-weißes Röhrchen mit rotem Deckel.

Sie sagte, ich solle es öffnen.
Ich zog den roten Deckel ab.
Drinnen funkelten goldene Münzen.
Ich schaute die feine alte Dame an.
Sie schaute zurück und sagte:
»Das sind kanadische Golddollar.«

Einige Wochen später hatte sie einen Schlaganfall.

Für das Gold, das sie mir gab, kaufte ich mir eine Videokamera und ließ mein Auto instand setzen. Mit der Kamera filmte ich ihr Sterben. Mit dem Auto fuhr ich die Strecke, die uns trennte, jedes zweite Wochenende.